Souffle-Esprit

François Cheng
DE L'ACADÉMIE FRANÇAISE

Souffle-Esprit

Textes théoriques chinois
sur l'art pictural

Éditions du Seuil

ISBN 2-02-086864-4
(ISBN 2-02-010034-7, 1re publication)

© Éditions du Seuil, 1989,
et mars 2006, pour la présente édition

Le Code de la propriété intellectuelle interdit les copies ou reproductions destinées à une utilisation collective. Toute représentation ou reproduction intégrale ou partielle faite par quelque procédé que ce soit, sans le consentement de l'auteur ou de ses ayants cause, est illicite et constitue une contrefaçon sanctionnée par les articles L. 335-2 et suivants du Code de la propriété intellectuelle.

www.seuil.com

A ma mère.

Présentation

Les peintres et les théoriciens en Chine avaient l'habitude de consigner par écrit leurs idées sur l'art pictural. Ces écrits, accumulés au cours des siècles, forment un important corpus. Si plusieurs ouvrages parus ces dernières années [1] ont contribué à faire connaître aux lecteurs français certains textes de base, il reste toute une part inexplorée où l'on rencontre des propos riches de méditations et d'expériences vécues. Et des considérations d'ordre plus technique qui s'y trouvent contenues n'en constituent pas le moindre intérêt. Elles nous permettent certes de pénétrer plus avant dans le secret de la peinture chinoise ; mais surtout elles nous questionnent, dans une certaine mesure, sur nos pratiques picturales d'aujourd'hui.

Le présent ouvrage réunit pour la première fois un ensemble de textes que nous considérons comme essentiels, textes qui s'échelonnent sur plus d'un millier d'années, depuis les T'ang (618-907) jusqu'aux Ts'ing (1644-1911). Ici, une question pourrait surgir : est-il légitime de juxtaposer des écrits s'étalant sur une si longue durée ? Nous n'ignorons pas, bien entendu, qu'il existe une histoire de la peinture chinoise (qu'ont abordée inlassablement de nom-

---

1. Nous tenons à signaler plus particulièrement deux ouvrages : *Esthétique et Peinture de paysage en Chine* de Nicole Vandier-Nicolas (Klincksieck, 1982), et *Propos sur la peinture du moine Citrouille-Amère* de Pierre Ryckmans (Herman, 1984).

breux ouvrages d'érudition), que celle-ci a connu des évolutions, notamment dans le sens de l'affirmation d'un style plus spontané ou plus individuel (style désigné en chinois par le terme de *hsieh-i*, « librement inspiré »), et également dans le sens de l'enrichissement de la technique du trait et de la composition (ou d'une attention trop exclusive pour elle). Nous tentons pourtant de nous extraire, pour une fois, du souci uniquement chronologique qui consiste à enregistrer la succession des faits sans épargner aucun détail. Car, en fin de compte, l'art pictural classique chinois, né dans un contexte culturel spécifique, a poussé comme un immense arbre. Plongeant ses racines dans une écriture idéographique (qui a favorisé, d'une part, l'usage du pinceau et l'art calligraphique et, d'autre part, la tendance à transformer les éléments de la nature en signes), se référant à une cosmologie définie (qui a mis en avant l'idée du Souffle primordial dérivé du Vide originel et celle des Souffles vitaux Yin et Yang qui, par leur interaction sans cesse activée par le souffle du Vide médian, régissent la relation ternaire entre Ciel, Terre et Homme), cet art a d'emblée possédé ses conditions d'épanouissement, même si certaines « virtualités » ne se sont révélées ou réalisées que progressivement. En simplifiant beaucoup, on peut dire que la pensée esthétique chinoise, fondée sur une conception organiciste de l'univers, propose un art qui tend depuis toujours à recréer un espace médiumnique où prime l'action unificatrice du souffle-esprit, où le Vide même, loin d'être synonyme de flou ou d'arbitraire, est le lieu interne où s'établit le réseau de transformations du monde créé. Grâce à cette conception ouverte qui laisse toute sa chance à la métamorphose, l'artiste transcende le désir d'une forme trop définitivement cernée et perçoit sa création comme partie prenante de l'œuvre continue de la Création. L'idéal que prônent les théoriciens chinois étant que chaque tableau constitue un microcosme qui contient les essences du macrocosme, l'ensemble des tableaux réalisés au cours des siècles forment, aux yeux de ces mêmes théoriciens, un vaste réseau de correspondances où s'incarnent un espace-temps collectivement vécu ou rêvé, et en perpétuel devenir. On assiste là au fonctionnement d'un système qui procède par intégration des apports successifs, plutôt que par ruptures.

*

Ces textes que nous présentons proviennent, nous l'avons dit, d'un corpus plus volumineux. Celui-ci se compose de traités ou d'ouvrages très célèbres ayant exercé une influence marquante, mais aussi d'écrits plus personnels ou plus intimes. Parmi ces derniers, beaucoup se seraient dispersés ou perdus sans le travail méritoire d'anthologistes de différentes époques [2]. A l'époque moderne, trois anthologies importantes ont été publiées [3]. C'est à partir de leur lecture systématique que nous avons fait le choix des textes à traduire. Un double souci, apparemment contradictoire, nous a guidé : celui, bien entendu, de retenir avant tout les écrits les plus représentatifs en ce qu'ils ont le mieux cerné les thèmes chers au peintre chinois, mais également celui d'éviter les répétitions, les redites. Car la plupart des auteurs respectaient cette convention qui voulait que l'on commence par reprendre certaines paroles des Anciens avant d'avancer quelques réflexions personnelles. D'où ces nombreuses reprises qui, à la longue, pourraient paraître lassantes. D'où aussi le parti que nous avons adopté de ne pas traduire toujours les textes en entier ; chose qui a été rendue plus facile par le fait que les auteurs, en général, aiment exprimer leurs idées sur divers sujets sous forme de

---

2. Nous pensons notamment au *Wang-shih shu-hua yuan* (dynastie Ming) et au *Pei-wen-chai shu-hua p'u* (dynastie Ts'ing).

3. Voir, dans les Annexes, la « Liste des auteurs et de leurs œuvres figurant dans le présent ouvrage ».

notations concises plutôt que de longues dissertations [4]. Les passages traduits, brefs ou longs, sont surtout fonction de l'intérêt particulier dont ils sont porteurs. Et l'ensemble des textes, se répondant et se complétant, selon un ordre plus thématique que chronologique (toutefois, à l'intérieur d'un thème donné, l'ordre chronologique est respecté), au lieu d'apparaître comme un simple ramassis, forment un tout en quelque sorte organique.

*

Ces textes abordent des thèmes très variés, dans la mesure où la peinture chinoise elle-même a ouvert très tôt un large champ thématique. Aucun des aspects significatifs de la nature n'a échappé à son investigation. Aussi, dès l'époque de la dynastie T'ang, et surtout sous la dynastie Sung, se plaisait-on à classer en rubriques les divers sujets à peindre. Le nombre de ces rubriques varie suivant les auteurs. C'est ainsi, par exemple, que Chu Ching-hsüan [5], des T'ang, propose quatre rubriques (Personnages, Animaux, Paysages, Bâtiments), et que Liu Tao-ch'un, Kuo Jo-hsü et Teng Ch'un [6], des Sung, en proposent respectivement six (Personnages, Paysages, Animaux, Fleurs et Oiseaux, Dieux et Démons, Bâtiments), quatre (Personnages, Paysages, Fleurs et Oiseaux, Autres) et huit (Dieux et Démons, Personnages, Paysages, Fleurs et Oiseaux, Animaux, Bâtiments, Fruits et Légumes, Scènes intimes). Citons encore le *Hsüan-ho hua-*

---

4. A l'exception de quelques ouvrages ou traités qui se composent de chapitres plus longs et distincts, tels que le *Li-tai ming-hua chi* de Chang Yen-yuan (dynastie T'ang), le *Shan-shui-ch'un ch'üan-chi* de Han Chuo (dynastie Sung), le *Hua-yü lu* de Shih T'ao (dynastie Ming) et le *Hui-shih fa-wei* de T'ang Tai (dynastie Ts'ing).

5. Chu Ching-hsüan, *Tang-ch'ao ming-hua lu*.

6. Liu Tao-ch'un, *Sung-ch'ao ming-hua p'ing* ; Kuo Jo-hsü, *Tu-hua chien-wen chih* ; Teng Ch'un, *Hua chi*.

p'u [7] qui propose jusqu'à dix rubriques (Figures religieuses, Personnages, Bâtiments, Tribus étrangères, Dragons et Poissons, Paysages, Fleurs et Oiseaux, Animaux, Bambous, Fruits et Légumes). Parmi ces rubriques, certaines seront prises en charge plus tard par la peinture religieuse, taoïste ou bouddhique, tandis que d'autres, notamment Paysages, Fleurs et Oiseaux, gagneront l'éminence durant les dynasties suivantes.

Pour notre part, ne visant point à l'épuisement de la matière ni à une présentation purement taxinomique, nous nous proposons de répartir l'ensemble des textes traduits en quatre parties qui traitent successivement de l'art pictural en général, des arbres et des rochers, des fleurs et des oiseaux, et enfin des paysages et des hommes : cette division suit plutôt l'ordre par lequel un peintre chinois assimile progressivement la technique picturale. D'une façon générale, en effet, il commence par maîtriser la technique du trait en dessinant les arbres et les rochers, car ceux-ci jouissent dans la peinture chinoise du même statut que celui du corps humain dans la peinture occidentale. C'est ensuite qu'il diversifie son art par l'étude des fleurs, des plantes, des insectes, des oiseaux ou d'autres animaux. Cette étude qui implique aussi l'assimilation des règles de la composition lui permet d'aborder enfin le paysage, lequel, à partir des Sung du Sud et des Yuan, représente le sujet majeur de l'art pictural chinois. Précisons toutefois que cette progression, et par là même la division proposée ici, n'a rien de rigide. Au cours de son apprentissage, l'artiste peut inverser l'ordre et mélanger les genres. Nombre de débutants, par exemple, apprennent à dessiner, en même temps que les arbres et les rochers, l'orchidée dont les longues feuilles qui s'élan-

---

7. « Traité de peinture de l'ère Hsüan-ho » ; fut rédigé sur ordre de l'empereur Hui-tsung, de la dynastie Sung, dans le cadre de l'Académie de peinture qui porte le nom de son règne : Hsüan-ho (1100-1125).

cent et retombent ont une forme qui se prête très bien à l'exercice des traits de pinceau. Il convient également de signaler le bambou qui fait un peu figure à part. Excellent aussi pour ce même exercice, le bambou se combine, dans la peinture, aussi bien avec les rochers qu'avec les fleurs [8] et les oiseaux. Nous avons choisi, compte tenu d'une tradition plus ancienne, de le ranger dans la rubrique « Arbres et Rochers ».

Si, dans nos quatre parties, on constate l'absence du portrait de personnage, considéré pourtant comme une rubrique importante à l'époque ancienne, c'est que, par suite de la prédominance du courant de la peinture dite des Lettrés, dès la fin de la dynastie Sung, le peintre chinois ne concevait plus l'homme qu'en symbiose avec le paysage ; et l'art du portrait n'était plus pratiqué que par des spécialistes. Il existe, notamment à partir du milieu de la dynastie Ming, de nombreux manuels destinés aux artisans qui se consacraient au genre portrait, tout comme il en existe d'autres pour les autres rubriques [9]. Le contenu de ces manuels descriptifs n'entre pas dans le cadre de ce livre dont le propos, rappelons-le, est de faire connaître les principes généraux qui gouvernent la peinture chinoise [10].

Toujours à propos de nos textes traduits, on peut constater enfin que le problème de la composition d'un tableau y est relativement peu développé. Cela est dû au fait que l'art

---

8. Selon une tradition tardive, le bambou, l'orchidée et le chrysanthème incarnent les différentes vertus d'un *chün-tzu* [homme de bien].

9. Notamment pour la rubrique « Fleurs et Oiseaux ». A partir de la dynastie Sung, avec le *Hsüan-ho hua-p'u* et le *Hua-kuang mei-p'u*, un nombre important de manuels ont été publiés, dans lesquels les auteurs décrivaient avec un grand luxe de détails les divers aspects des oiseaux et des fleurs ; ils donnaient également des indications sur la manière de préparer les couleurs et de les appliquer.

10. Signalons que l'art du portrait est soumis à ces mêmes principes dans la mesure où le visage humain est perçu comme un paysage. Dans la description de la technique du portrait, on use des mêmes termes que pour les paysages : ciel, terre, ubac, adret, sommet, vallée, bosse, crevasse, grotte, caverne, etc.

pictural, en Chine, est relié à l'art calligraphique. Celui-ci, fondé sur l'étude rigoureuse de toutes les manières de combiner les traits qui composent les idéogrammes de l'écriture chinoise, a pris en charge, dans une certaine mesure, le problème de la composition. On sait que chaque idéogramme occupe un espace carré à l'intérieur duquel les traits s'organisent autour d'un centre. Ces traits entretiennent des rapports d'opposition et de corrélation qui suscitent un jeu complexe de vide et de plein, de fixité et de mouvement, de rupture et d'équilibre, etc. Et les milliers d'idéogrammes différents représentent autant de structures spécifiques ayant chacune ses lois de composition internes. Tout artiste commençant l'étude de la peinture est censé avoir déjà maîtrisé la discipline de la calligraphie, qui lui a fourni une science sûre du trait et de la composition. S'inspirant de la calligraphie, la composition en peinture, si elle se soumet plus volontiers à l'idée de nécessité vitale qu'à celle d'échafaudage abstrait, n'obéit pas moins au souci d'une construction stricte. Elle s'appuie essentiellement sur le rapport à la fois contrastif et complémentaire entre la figure principale et les éléments secondaires, entre les différents plans du tableau dans le sens de la hauteur ou de la profondeur. Et l'unité du tableau, sur fond de vide, s'obtient par la cohésion dans le travail du pinceau qui structure de façon organique l'espace, et dans celui de l'encre qui en module les tonalités, cohésion grâce à laquelle l'ensemble des figures sont prises dans un seul mouvement de va-et-vient qui est par essence d'ordre circulaire.

*

Un certain nombre de termes reviennent souvent sous la plume des auteurs que nous présentons ; ils constituent les notions de base de la pensée esthétique chinoise. Beaucoup d'entre eux posent problème pour la traduction, en raison du sens double, sinon multiple, dont ils sont doués.

Des termes tels que *ch'i* [souffle, esprit], *li* [principe ou structure interne], *i* [idée, désir, intention, conscience agissante, juste vision], *shen* [âme, esprit, essence divine], etc., relèvent à la fois de la cosmologie et de la pratique picturale, les deux étant du reste, comme nous l'avons expliqué au début de cette présentation, intimement liées. A propos des termes précités, le lecteur aura peut-être relevé leur lien avec le titre (*Souffle-Esprit*) du présent ouvrage. Il aura constaté qu'en chinois le même mot *ch'i* signifie à la fois « souffle » et « esprit ». S'il est vrai qu'il y a le mot *shen* qui exprime plus spécifiquement l'idée d'esprit, il convient de signaler le mot composé *shen-ch'i* dont la traduction ne saurait qu'être « souffle-esprit », voire « souffle/esprit ».

D'autres termes tels que « pinceau », « encre », « montagne », « eau », « ciel », « terre », etc., désignent aussi bien les éléments matériels que les entités symboliques qu'ils représentent. Par ailleurs, comme dans d'autres domaines de la pensée chinoise, les termes vont souvent par paires, entretenant entre eux une relation de contraste ou de complémentarité ; nous avons choisi, dans notre traduction, de les accoler, en les séparant aussi par un simple tiret. L'ensemble de tous les termes, situés les uns par rapport aux autres, forme un système structuré et cohérent. Il n'entre pas dans le propos du présent ouvrage de se livrer à une analyse de ce système. Signalons simplement que, dans un autre ouvrage [11], nous en avons tenté une étude sémiotique, plus particulièrement pour ce qui touche le paysage. Nous y avons dégagé, depuis la base jusqu'au sommet, une structure à cinq niveaux, chaque niveau comportant des concepts ou notions qui lui sont propres. Ces cinq niveaux sont respectivement : Pinceau-Encre, Obscur (Yin)-Clair (Yang), Montagne-Eau, Homme-Ciel et Cinquième Dimension. Ils marquent les étapes, à la fois matérielles et mentales, par lesquelles l'artiste construit

---

11. *Vide et Plein, le langage pictural chinois*, Paris, Éd. du Seuil, 1979.

Présentation

une œuvre tendue vers l'ouvert. Tout en renvoyant le lecteur intéressé à l'ouvrage en question, nous pensons utile de reproduire, dans les Annexes, la liste récapitulative des termes techniques qui y figure.

*

Cet ouvrage, certes, a été porté par nous dans notre nuit solitaire durant de longues années ; pourtant, il n'aurait pas pu être mené à bien par nous seul. Tant de personnes – nos proches, nos amis, nos aînés, nos étudiants, nos lecteurs qui nous ont écrit –, par leur savoir, leur sensibilité, leurs critiques, leurs suggestions, nous ont aidé à élargir notre vision ou à affiner notre langage. Il faudrait donner un nom et un visage à chacun d'eux, et le livre acquerrait son existence plénière sous leurs regards croisés. Cela n'étant pas possible, nous nous contentons de nommer ici ceux qui ont participé directement à la réalisation de ce livre, et à qui nous disons toute notre reconnaissance :

à François Wahl et Jean-Luc Giribone pour leur lecture aussi exigeante qu'éclairante de mon manuscrit ; à Nicole Lefèvre et Janine Lescarmontier pour toute la conception matérielle du livre ; à Jacques Choisnel et Philippe Faure pour le cahier des illustrations ; et enfin à ma femme Micheline et ma fille Anne dont l'écoute et les conseils ont permis à mon travail d'aboutir.

FRANÇOIS CHENG
automne 1988

CHAPITRE I

Art pictural en général

Chang Yen-yuan [1]
(dynastie T'ang)

▲ La peinture parfait l'action civilisatrice des Sages et concourt à l'établissement de relations justes entre les hommes. Elle scrute les lois de la transformation divine et sonde les mystères cachés de la Création. Sa vertu égale celle des Six Livres [2], son mouvement s'accorde à celui des quatre saisons. Car l'art pictural tire son origine, non point de l'ingéniosité humaine, mais de l'ordre du Ciel même.

*

▲ Jadis, Hsieh Ho [3] a dit : « En peinture, il y a six canons, à savoir :

---

1. Auteur du célèbre ouvrage (préfacé en 849) *Li-tai ming-hua chi* [« Histoire de la peinture sous les dynasties successives »] qui se proposait de recueillir systématiquement les faits concernant les peintres et leurs œuvres. Ouvrage fondateur qui exerça une influence déterminante sur la pensée esthétique chinoise.
2. Liu-chi, les six ouvrages considérés en Chine comme sacrés ou canoniques : *Livre des Odes, Livre des Mutations, Livre des Documents, Livre des Rites, Livre de la Musique* et *Chronique du Lu*.
3. Célèbre théoricien du VIe siècle, auteur du *Ku-hua p'in-lu* [« Catalogue classant les peintres anciens »].

a) animer les souffles harmoniques [4] ;
b) manier le pinceau selon le principe de l'os ;
c) figurer les formes en conformité avec les objets ;
d) appliquer les couleurs en accord avec les catégories ;
e) concevoir la disposition des éléments à peindre ;
f) transmettre par la copie les modèles des Anciens.

Mais, depuis l'Antiquité, il y eut peu de peintres qui possédaient toutes les qualités exigées par ces canons. » Moi, Yen-yuan, je formule l'avis suivant : parmi les peintres d'autrefois, certains ont été capables de dépasser la ressemblance formelle, en donnant la primauté à la qualité de l'os dans leurs traits. Ils cherchaient un accomplissement au-delà de la ressemblance formelle. C'est là une chose difficile à discuter avec les gens du commun. Les peintres d'aujourd'hui, s'ils obtiennent à grand-peine la ressemblance formelle, ne réussissent guère à faire naître les souffles harmoniques. En fait, si dans leur peinture ils parvenaient à introduire les souffles harmoniques, la ressemblance formelle viendrait de surcroît tout naturellement.

*

▲ Le Yin et le Yang, par leur interaction, façonnent et cuisent toutes choses. Les dix mille phénomènes s'agencent et se disposent en conséquence. La transformation mystérieuse de la Création ne se révèle plus par la parole, cependant que la Nature poursuit son œuvre d'elle-même. Herbes et plantes manifestent leur splendeur sans rien devoir aux couleurs dérivées du jaspe et du cinabre. Nuages et neige flottent ou tourbillonnent ; leur blancheur ne doit rien au blanc de céruse. La montagne est naturellement turquoise sans faire appel au bleu d'azur ; de même que le phénix est iridescent sans avoir recours aux Cinq Couleurs. Aussi

---

4. Cf. Ching Hao, *infra,* p. 31.

Art pictural en général

suffit-il au peintre d'user de tout le pouvoir de l'encre pour réaliser l'« idée » (ou l'« essence ») des Cinq Couleurs. En revanche, s'il s'attache servilement aux Cinq Couleurs, alors la figure des choses qu'il représente sera faussée.

En peinture, on doit éviter le souci d'accomplir un travail trop appliqué et trop fini dans le dessin des formes et la notation des couleurs, comme de trop étaler sa technique, la privant ainsi de secret et d'aura. C'est pourquoi il ne faut pas craindre l'inachevé, mais bien plutôt déplorer le trop-achevé. Du moment que l'on sait qu'une chose est achevée, quel besoin y a-t-il de l'achever ? Car l'inachevé ne signifie pas forcément l'inaccompli ; le défaut de l'inaccompli réside justement dans le fait de ne pas reconnaître une chose suffisamment achevée.

Concernant la valeur des œuvres, il y a, occupant la place suprême, l'œuvre « en soi » (comme la Création elle-même). Puis vient l'œuvre divine. Au-dessous de l'œuvre divine, on trouve l'œuvre merveilleuse. A défaut d'être merveilleuse, une œuvre peut être raffinée, ou, à un degré moindre encore, appliquée. L'œuvre « en soi » constitue donc le degré supérieur de la catégorie la plus haute. L'œuvre divine et l'œuvre merveilleuse, elles, constituent respectivement le degré médian et le degré inférieur de cette catégorie. Quant à l'œuvre raffinée et à l'œuvre appliquée, elles appartiennent à la catégorie secondaire. J'ai établi ces cinq degrés pour embrasser les Six Canons et représenter tous les degrés d'excellence. Car, à l'intérieur des cinq degrés, on pourrait distinguer quelques centaines d'autres degrés, mais on ne saurait en épuiser le nombre.

*

▲ Quelqu'un m'interrogea sur l'art du pinceau de Ku K'ai-chih, de Lu T'an-wei, de Chang Seng-yü et de Wu Tao-tzu [5].

---

5. Ku K'ai-chih, Lu T'an-wei, Chang Seng-yü et Wu Tao-tzu ont vécu respectivement sous les dynasties Chin (317-420), Sung (420-479), Liang (502-557) et T'ang (618-907).

Voici ma réponse : « Dans la peinture de Ku K'ai-chih, les traits sont serrés et vigoureux ; ils se relient les uns aux autres, obéissant à un mouvement circulaire sans cesse renouvelé. Le style en est souverain et aisé, le rythme rapide comme vents et éclairs. Avant d'attaquer une œuvre (ou de tracer le moindre trait), le peintre en possède le *i* [idée, désir, intention, conscience agissante, juste vision] ; aussi, une fois l'œuvre achevée, le *i* subsiste et la prolonge. C'est pourquoi la peinture de Ku est toujours animée par le *shen-ch'i* [souffle-esprit].

« Concernant Lu T'an-wei, précisons d'abord ceci. Jadis, Chang Chih étudia la calligraphie de Ts'ui Yuan et de Tu Tou [6] dans le style cursif dit « de l'herbe ». A partir de leur méthode, il opéra certaines transformations et inventa le style « de l'herbe moderne ». Il lui suffisait d'un seul trait de pinceau pour tracer les caractères, et les veines du souffle circulaient à travers eux de façon si continue que l'élan ne se rompait pas d'une colonne de caractères à une autre. Après lui, Wang Tzu-ching [7] en assimila les principes profonds. Dans la calligraphie de celui-ci, le caractère écrit en tête d'une colonne se trouvait souvent relié au dernier caractère de la colonne précédente. C'est ce qu'on appelle d'ailleurs l'« écriture d'un seul trait ». Par la suite, Lu en adopta la méthode dans la peinture, d'où l'expression « peinture d'un seul trait ». Le style très original de Lu est fin et aigu, plein d'un charme onctueux. Sa réputation était immense et sans égale sous les Sung des dynasties du Sud.

« Chang Seng-yü dessinait ses points et ses traits, abrupts ou traînants, hardis ou caressants, d'après l'Ordre de Bataille

---

6. Ts'ui Yuan et Tu Tou, deux calligraphes de la dynastie Han (206 avant J.-C. – 200 après J.-C.).

7. Autre nom de Wang Hsien-chih (344-388), grand calligraphe de la dynastie Chin (317-420).

Art pictural en général 27

du Pinceau de la Dame Wei [8]. Ses hallebardes à crochets et ses épées pointues s'entrecroisent, composant une scène pleine de tumulte. On trouve là une confirmation que calligraphie et peinture, qui se servent de la même technique du pinceau, ont même source.

« Mais Wu Tao-tzu de l'actuelle dynastie occupe une place unique par rapport au passé et au présent. Ku et Lu qui l'ont précédé ne sauraient rivaliser avec lui ; de même, on peut penser qu'après lui il n'y aura pas d'autres rivaux. Il reçut de Chang Hsü [9] la technique calligraphique (faut-il souligner que c'est là encore une preuve de l'origine commune de la calligraphie et de la peinture ?). Si Chang a pu être surnommé le « Fou de la calligraphie », il convient que Wu soit appelé le « Saint de la peinture ». Sa puissance créatrice venait du Ciel et son génie était inépuisable. Alors que les autres peintres mettaient leur soin à joindre bout à bout les traits, lui séparait ses points et ses traits en les espaçant. Alors que les autres peintres s'attachaient scrupuleusement à la ressemblance formelle, lui planait au-dessus de ces soucis vulgaires. Courbant ses arcs, brandissant ses lances, plantant ses piliers, plaçant ses poutres, il composait et dessinait sans se servir de règle (pour tirer des lignes) ni de pied d'architecte. Dans un tableau long de plusieurs pieds voltigent barbe frisée du dragon et cheveux bouclés des nuages. Les poils dressés semblent vouloir s'arracher de la chair avec une force surabondante. Le peintre dut posséder quelque secrète formule ; il est malheureusement impossible de la connaître aujourd'hui. Dans un autre tableau de personnages de plusieurs dizaines de pieds, tantôt il commençait par les bras, tantôt par les pieds. Sa manière superbe de présenter ces

---

8. C'est à la Dame Wei, de la dynastie Chin, qu'on attribue le court texte intitulé « Ordre de bataille du pinceau », texte qui décrit de façon imagée les traits de base de la calligraphie chinoise.
9. Grand calligraphe de la dynastie T'ang.

figures grandioses qui forment un ensemble organique aux veines entrelacées surpasse celle de Chang Seng-yü. »

De nouveau, on me demanda : « Comment Wu Tao-tzu pouvait-il, sans avoir recours à la règle et au pied d'architecte, courber ses arcs, brandir ses lances, planter ses piliers et placer ses poutres ? »

Je répondis : « En gardant intact en lui l'esprit divin et en se concentrant tout entier sur son unité intérieure. L'artiste cherche à s'accorder à l'œuvre même de la Création par le truchement de son pinceau. Rappelons ce qui a été dit plus haut : avant d'attaquer une œuvre (ou de tracer le moindre trait), le peintre en possède l'idée entière ; et, une fois l'œuvre terminée, l'idée la prolonge encore.

« En réalité, n'en est-il pas ainsi de toute activité qui vise l'excellence ? Souvenez-vous du boucher du prince Hui et de son couteau qui paraissait sortir de l'affûtage [10], et du charpentier de Ying si adroit à faire tourner sa hache [11]. Tout comme la femme qui chercha à imiter en vain le froncement de sourcils de Hsi-shih [12], qui chercherait à imiter artificiellement le charpentier de Ying en maniant sa hache se blesserait la main. Un peintre qui reste esclave des choses extérieures fera des dessins confus. Comment serait-il capable de des-

---

10. Cf. *Chuang-tzu*, chap. III. Yang Cheng, le cuisinier du prince Hui qui, après dix-neuf ans de service, n'avait pas usé son couteau. Au prince, étonné, il expliqua que, pour découper le bœuf, il suivait les linéaments naturels de l'animal et faisait passer le couteau dans les interstices. Il affirma encore que, pour atteindre cette maîtrise, il avait commencé par ne penser qu'au bœuf avant d'en arriver à ne plus voir le bœuf du tout et qu'ainsi il était en mesure d'opérer de l'intérieur selon son intuition.

11. Cf. *Chuang-tzu*, chap. XXIV. Chuang-tzu, en suivant un jour un convoi funèbre, passa devant la statue élevée sur le temple de Hui-tzu. Il remarqua un grain de chaux sur le nez de la statue et ordonna au tailleur de pierre de l'enlever. L'artisan, pour ne pas abîmer la statue, se contenta de faire tourbillonner sa hache devant le nez et le grain de chaux fut emporté par le souffle.

12. Cf. *Chuang-tzu*, chap. XIV. Favorite du roi Fu-ch'ai de Wu, célèbre pour sa beauté, lorsque, dépitée, elle fronçait les sourcils, elle n'en apparaissait que plus belle. Une femme laide du voisinage tenta de l'imiter, ce qui n'eut pour résultat qu'accentuer sa laideur.

Art pictural en général

siner un cercle de la main gauche en même temps qu'un carré de la main droite ? Quant à se servir d'une règle et d'un pied d'architecte, c'est faire une peinture morte. Seul celui qui garde intact en lui l'esprit divin et se concentre tout entier sur son unité intérieure fait de la vraie peinture. S'il faut couvrir un mur de peintures mortes, autant y mettre du plâtre ! Dans une vraie peinture, un seul trait suffit à raviver le souffle. Commencer un tableau avec l'intention délibérée de faire de la bonne peinture, c'est s'exposer à un échec. Le succès est plus sûr quand on met en mouvement sa pensée et en branle son pinceau sans intention délibérée. Car alors la main ne se contractera pas ni ne se figera l'esprit. Le tableau *est* sans que l'on sache au juste pourquoi il est bon. Un artiste authentique n'a que faire de la règle et du pied d'architecte, lors même qu'il courberait ses arcs, brandirait ses lances, planterait ses piliers et placerait ses poutres. »

De nouveau on me demanda : « Celui qui médite longuement et minutieusement son art trace des traits réguliers et continus. Qu'en est-il de celui dont les traits apparaissent comme laconiques ou abrégés ? »

Je répondis : « C'est finalement une question de style. Le style magique de Ku et de Lu consiste en ce que l'on ne peut pas déceler des hiatus dans leur tracé des traits. Le style merveilleux de Chang et de Wu se remarque par le fait qu'il leur suffit d'un ou deux traits pour que l'image qui en résulte traduise la vérité du modèle. Ces deux peintres aiment à espacer leurs points et leurs traits, en sorte qu'on a l'impression d'y apercevoir des manques. En fait, ce qui peut apparaître dans leurs traits comme incomplet est relayé par la pensée. Au total, il faut admettre qu'en peinture coexistent deux grands styles dans la manière de tracer les traits. C'est avec cette compréhension qu'on peut discuter de la peinture. »

Mon interlocuteur hocha la tête en signe d'assentiment et s'en alla.

*

▲ La représentation des saints anciens de Ku K'ai-chih est proche du mystère originel. On la savoure sans jamais s'en lasser. [Tout comme le peintre devant sa propre création,] le spectateur qui se trouve devant ses tableaux concentre à son tour son esprit, laisse sa pensée tendre vers l'infini que portent les figures, s'abîme dans cet état en soi où les choses et le moi s'oublient l'un l'autre, où la conscience et le savoir s'abolissent. Le corps pareil au bois desséché et le cœur à de la cendre éteinte, on se sent faire partie de la merveilleuse essence. C'est bien là le Tao de la peinture.

Chu Ching-hsüan
(dynastie T'ang)

▲ La peinture est sacrée. Elle scrute ce que le Ciel et la Terre ne montrent pas et révèle ce que le soleil et la lune n'éclairent pas. Au moyen d'un menu pinceau, le peintre apprivoise les dix mille êtres ; et, se servant d'un « pouce carré [13] », il appréhende l'espace sans limites. Grâce à cet art qui consiste à mettre de l'encre sur de la soie et à cerner la matière selon la loi de l'esprit, le visible se trouve représenté, l'invisible même prend forme.

---

13. Le cœur humain, siège des sentiments et de l'esprit.

Ching Hao [14]
(Cinq-Dynasties)

▲ En peinture, il y a six éléments fondamentaux. Le premier est le *ch'i* [souffle] ; le deuxième est le *yun* [résonance ou harmonie] ; le troisième est le *ssu* [pensée ou réflexion] ; le quatrième est le *ching* [scène ou motif] ; le cinquième est le *pi* [pinceau] et le sixième est le *mo* [encre].

Mû par le souffle, le cœur (de l'artiste) est à même d'épouser l'élan du pinceau et de saisir l'image des choses sans hésitation. La résonance, on l'obtient si l'on parvient à établir des formes parfaites sans laisser de traces laborieuses ni tomber dans la vulgarité. La pensée, elle, permet d'éliminer les détails accessoires et de cerner les traits essentiels des choses. La scène est restituée quand les lois propres à chaque saison ont été observées ; quand a été capté le merveilleux et recréé le vrai. Le pinceau exige qu'on le manie en toute liberté sans négliger les règles ; qu'on suscite à tout moment un mouvement d'envol qui transcende la matière et l'aspect extérieur des choses. L'encre, enfin, consiste à varier les nuances de ton selon les reliefs et les coloris des choses ; elle peut atteindre un état de beauté si naturel qu'elle semble ne plus rien devoir au pinceau.

*

▲ Le pinceau comprend quatre composantes : le *chin* [muscle], le *jou* [chair], le *ku* [os] et le *ch'i* [souffle]. Là où le trait tracé s'interrompt sans que l'élan s'arrête, c'est

---

14. Ching Hao est considéré comme l'un des maîtres qui, au début du Xe siècle, renouvelèrent la grande tradition de la peinture de paysage. On lui doit le *Pi-fa chit* [« L'art du pinceau »], texte court mais important tant par sa hauteur de vues que par les indications pratiques qu'il contient.

le muscle. Où le trait, en son plein et son délié, exprime la substance charnelle des choses, c'est la chair. Où le trait, vigoureux et droit, est traversé de force vitale, c'est l'os. Où le trait, se combinant avec d'autres traits, concourt au maintien intact de l'image peinte, c'est le souffle. On comprend ainsi que les traits trop chargés d'encre perdent leur structure juste, et que les traits tracés à l'encre trop fluide perdent leur souffle intègre. Un trait qui s'interrompt totalement n'a pas de muscle ; un trait dont le muscle est mort n'a pas de chair ; un trait qui vise trop à charmer est privé d'os.

Mi You-jen [15]
(dynastie Sung)

▲ Les gens m'admirent pour mon talent de peintre ; peu connaissent la vision intérieure qui préside à ma peinture et qui me différencie de bon nombre de peintres d'autrefois et d'aujourd'hui. Aussi, à moins de posséder sur le front le troisième œil de sapience, ne peut-on pénétrer le secret de mon art.

15. Peintre connu et fils de Mi Fu, le grand artiste et grand connaisseur de la dynastie Sung. Contrairement à son père, Mi You-jen (1086-1165) ne laissa pas d'œuvres écrites, excepté les inscriptions dans ses tableaux, réunies en un mince recueil. L'inscription ici traduite figure dans son célèbre tableau intitulé « L'esprit révélé des nuages et des montagnes ».

Teng Ch'un
(dynastie Sung)

▲ Immense assurément est le pouvoir de la peinture. Il n'est rien qui vit entre Ciel et Terre dont elle ne scrute les mystères et ne montre les multiples aspects. Son art tient à un seul adage : « Transmettre l'esprit. » D'ordinaire, on met l'accent sur l'esprit lorsqu'il s'agit de faire le portrait d'un homme. Sait-on que toute chose est douée d'esprit ? Or, tant d'œuvres de nos peintres ne visent qu'à représenter les seules formes extérieures, et d'où l'esprit est totalement absent. C'est pour cette raison que Kuo Jo-hsü [16] méprise les « faiseurs », ne considérant point leurs tableaux comme de la peinture. Il n'attribue le titre de « peinture » qu'aux œuvres de ceux qui, à l'âme élevée, vivent parmi les rochers et les grottes, qu'aux œuvres où la primauté est accordée au canon formulé par Hsieh Ho : « Animer les souffles harmoniques. »

Tung Yu
(dynastie Sung)

▲ Tout peintre de dragon doit suivre la voie du *shen-ch'i* [souffle-esprit]. Celui qui possède l'esprit commande le souffle. Car le souffle est à l'esprit ce que l'enfant est à sa mère. Quand la mère appelle, l'enfant aussitôt accourt.

---

16. Théoricien de la dynastie Sung, auteur du *Tu-hua chien-wen chih* [« Relation des faits concernant la peinture »]. Cet ouvrage, qui entend continuer la tradition du *Li-tai ming-hua chi* (voir, *supra*, p. 23, n. 1), relate l'histoire de la peinture depuis la fin de la dynastie T'ang jusqu'en 1074, l'année de sa parution.

Su Tung-po [17]
(dynastie Sung)

▲ Parlant de la peinture, j'ai l'habitude de dire que, si certaines choses possèdent une forme constante, telles que figures humaines et animaux, bâtiments et ustensiles, etc., il en est d'autres – montagnes et rochers, arbres et bambous, cours d'eau et vagues, brumes et nuages, etc. – qui n'ont pas de forme constante, mais sont douées d'un *li* [principe interne constant].

Lorsqu'il y a défaut dans la représentation de la forme constante, tout le monde peut s'en rendre compte ; en revanche, une faille dans la structure du principe interne n'est pas aisément perçue, même par un connaisseur. C'est d'ailleurs pourquoi tant de peintres médiocres, afin de tromper le monde, cherchent à peindre des choses n'ayant pas de forme constante. Or, un défaut dans la représentation de la forme extérieure n'affecte souvent qu'une partie de la composition, alors qu'une inadéquation dans le principe interne ruinera à coup sûr l'effet de l'ensemble. Du fait même que ces choses ont une forme non constante, il faut d'autant plus, pour les représenter, tenir strictement au principe interne constant. Toutefois, il n'est donné qu'aux rares artistes supérieurs d'y parvenir. Le peintre Yü-k'o fait partie de ceux-là. Ses bambous, ses rochers et ses arbres dénudés, dans leur façon spécifique de croître, de dépérir, de se ramasser ou de se déployer, sont toujours conformes au *li*. Il n'est rien de

---

17. Grand poète et grand calligraphe de la dynastie Sung, Su Tung-po (XIᵉ siècle) s'adonnait aussi à la peinture de bambou sous l'influence de son ami Wen T'ung, grand spécialiste du bambou. Ses réflexions sur l'art seront déterminantes sur l'essor ultérieur de la peinture des Lettrés. Face à la peinture de l'Académie, il prônait l'intuition et la spontanéité. Dans le texte traduit ici, il tenta d'introduire la notion du *li* dans la peinture, notion empruntée à la cosmologie que les philosophes néoconfucéens avaient formulée sous les Sung.

ce qui les compose – racines, tiges, joints, feuilles, pousses pointues, nervures ramifiées – qui n'obéisse aux lois de la transformation. Les éléments surgissent par engendrement interne et continu ; chacun se trouve toujours à sa juste place. Tout en comblant l'esprit humain, l'œuvre de Yü-k'o épouse la voie même du Ciel.

Shih T'ao [18]
(dynastie Ming)

▲ Ce qui est haut et clair, c'est la mesure du Ciel. Ce qui est vaste et profond, c'est la mesure de la Terre. Par les vents et les nuages, le Ciel enlace le Paysage. Par les fleuves et les rochers, la Terre anime le Paysage. Il n'y a qu'en saisissant la mesure du Ciel et de la Terre qu'on parvient à sonder les mutations imprévisibles du Paysage. Car vents et nuages ne sauraient enlacer les paysages, si variés, de manière uniforme ; de même, fleuves et rochers ne sauraient animer les divers paysages selon une expression unique. D'autant qu'immense est le Paysage, avec ses terres qui s'étendent sur mille *li*, ses nuages qui s'étalent sur dix mille *li*, ses cimes et ses falaises qui se succèdent à l'infini. Comment l'embrasser tout entier, alors que même un Immortel, en son vol, n'en pourrait faire le tour ? Mais, si l'on se sert de l'Unique Trait de Pinceau comme mesure, il sera possible de participer aux métamorphoses de l'univers. On sera à même de sonder la variété des monts et des fleuves, de mesurer l'immensité des

---

18. Grand peintre expressionniste, Shih T'ao (1641 – après 1710) fut également l'auteur d'un traité intitulé *Propos sur la peinture du moine Citrouille-Amère*.

terres, d'observer l'agencement des pics et des falaises, de déchiffrer le secret caché des nuages et des brumes. Qu'on se tienne droit face à une étendue de mille *li*, ou qu'on regarde de biais une enfilade de dix mille montagnes, on doit toujours revenir à la mesure fondamentale du Ciel et à celle de la Terre. C'est avec sa mesure que le Ciel révèle l'âme changeante du Paysage ; c'est aussi avec sa mesure que la Terre avive le souffle dynamique du Paysage. Quant à moi, c'est avec l'Unique Trait de Pinceau que je maîtrise la forme et l'esprit du Paysage. Il y a cinquante ans, je n'étais pas encore « né » du Paysage. Non que le Paysage puisse être négligé ou laissé à lui-même. A présent que le Paysage est « né » de moi et moi du Paysage, celui-ci me charge de parler pour lui. J'ai cherché sans trêve à dessiner des cimes extraordinaires. L'esprit du Paysage et mon esprit se sont rencontrés et par là transformés, en sorte que le Paysage est bien en moi, Ta-ti [19].

T'ang Chih-ch'i [20]
(dynastie Ming)

▲ Avant d'aborder le Paysage, il faut s'assimiler la nature et l'esprit de la montagne et de l'eau. Lorsque le peintre possède en lui la nature et l'esprit de la montagne, son pinceau épousera avec vigueur les postures de toutes les montagnes, la manière dont elles s'embrassent ou s'étirent, s'élancent ou s'assoient, se penchent en avant ou se ramassent sur

---

19. Un des noms de Shih T'ao.
20. Peintre et théoricien, auteur du *Hui-shih wei-yen* [« Humbles propos sur la peinture »], vers 1620.

elles-mêmes. Lorsque le peintre possède en lui la nature et l'esprit de l'eau, son pinceau recréera avec vivacité tous les mouvements d'un cours d'eau, la manière dont les vagues se heurtent ou se succèdent, dont elles s'incarnent en de multiples formes fantastiques, tantôt tumultueuses comme des animaux en furie, tantôt apaisées, ainsi qu'une rangée de nuages. D'aucuns pourraient demander : comment montagne et eau peuvent-elles être douées de nature et d'esprit ? C'est ignorer que, malgré son apparence de fixité, la montagne exprime la vie par tous ses reliefs, et que, malgré son apparence fluide, l'eau s'érige en des formes signifiantes. A force d'observations et d'exercices, un peintre peut parvenir à égaler les Anciens ; ceux-ci n'avaient rien fait d'autre qu'explorer inlassablement la vraie nature et le vrai esprit de la montagne et de l'eau. Mais il n'y parviendrait pas, s'il se contentait de copier les modèles des Anciens. Ce que nous venons d'affirmer ne concerne pas seulement la montagne et l'eau. Il en va de même pour tout l'univers créé. La moindre herbe a sa nature ; la moindre plante a son esprit. La manière dont les branches poussent, dont les feuilles se forment, dont les fleurs s'éveillent, s'ouvrent, se détournent, s'inclinent ou se fanent, traduit la profonde intentionnalité de la Création. Le peintre qui s'adonne au genre « librement inspiré » se doit d'en saisir les secrets, de les intérioriser entièrement, avant même de se saisir de son pinceau.

*

▲ Durant l'ère Cheng-ho, dans le cadre de l'Académie de peinture, l'empereur Hui-tsung, des Sung, aimait à éprouver les artistes en leur proposant, comme sujets de tableaux, des vers tirés de la poésie T'ang. Une fois, l'empereur proposa le vers suivant : « Près du pont, de hauts bambous clôturent une maison de vin. » Tous les peintres s'ingénièrent à représenter une maison de vin cachée derrière des bambous. A l'exception de Li T'ang qui ne peignit que des bambous près d'un pont, avec une bannière flottant parmi les bambous et qui signalait la présence de la maison de vin. Son tableau fut choisi. Une autre fois, un autre vers, célèbre, fut proposé : « Au retour de la promenade des cavaliers parmi les fleurs, les chevaux ont leurs jambes parfumées. » L'empereur distingua un peintre qui, à la différence des autres qui cherchèrent tous à peindre des chevaux entourés de fleurs, sut se contenter de dessiner quelques papillons poursuivant les chevaux en marche. Une autre fois encore, les artistes eurent à traiter le sujet suivant : « Perdue dans l'immensité verte, une tache rouge. » Les uns peignirent des saules entourant un pavillon avec une femme en rouge sur la terrasse ; d'autres une forêt de mûriers avec une cueilleuse sur un des arbres ; d'autres encore une étendue de pins ayant à leur cime, haut perchée, une grue au bec rouge. Seul Liu Sung-nien obtint le suffrage de l'empereur avec un tableau représentant la mer frémissant des rayons d'un soleil qui se levait à l'horizon, tableau qui s'imposa par son caractère grandiose et par la pensée de l'infini qu'il inspirait.

Li Jih-hua [21]
(dynastie Ming)

▲ Les Anciens, lorsqu'ils dessinaient un arbre ou un rocher, distinguaient la face et le dos, la position droite et la position oblique, etc. Ils ne négligeaient aucun coup de pinceau, mais en ayant toujours en vue la vision d'ensemble. S'agissant de

---

21. Li Jih-hua (1565-1635) est un lettré à la vaste culture. Il est l'auteur de plusieurs recueils dans lesquels il traite des sujets très variés. Ses propos sur la peinture, disséminés dans ces recueils, figurent dans la plupart des anthologies et frappent par leur justesse et leur pertinence.

Art pictural en général

la représentation d'une forêt profonde ou d'un cours d'eau aux nombreux méandres, ils faisaient appel aux brumes et nuages pour en accentuer l'impression de profondeur, aux pierres éparses et bancs de sable dispersés pour en marquer la distance.

Dans leurs tableaux, au sein d'une présence unifiée, et comme insondable, présence créée par un savant travail de l'encre, on décèle aisément des structures appropriées conçues à l'avance ; inversement, la solidité du fond n'entrave en rien le mouvement vivace de l'ensemble. Suivant les sujets, la composition peut être compacte, sans tomber dans le défaut de l'encombrement ; ou aérée, sans tomber dans l'inconsistance. Par leur double qualité *k'ung-miao* [vide et merveilleux], par le processus de transformation interne qu'elles comportent, leurs œuvres s'apparentent à la Création même. Beaucoup de peintres d'aujourd'hui se contentent de suivre des recettes en dessinant mécaniquement une feuille après une autre, une figure après une autre. Ce n'est plus de la peinture. Autant recourir à un artisan graveur !

*

▲ En peinture, il importe de savoir retenir, mais également de savoir laisser. Savoir retenir consiste à cerner le contour et le volume des choses au moyen de traits de pinceau. Mais, si le peintre use de traits continus ou rigides, le tableau sera privé de vie. Dans le tracé des formes, bien que le but soit d'arriver à un résultat plénier, tout l'art de l'exécution réside dans les intervalles et les suggestions fragmentaires. D'où la nécessité de savoir laisser. Cela implique que les coups de pinceau du peintre s'interrompent (sans que le souffle qui les anime le fasse) pour mieux se charger de sous-entendus. Ainsi une montagne peut-elle comporter des pans non peints, et un arbre être dispensé d'une partie de ses ramures, en sorte que ceux-ci demeurent dans cet état en devenir, entre être et non-être.

*

▲ Pour la figuration d'un objet ou la représentation d'une scène, plus que le *hsing* [forme extérieure], il importe de saisir le *shih* [lignes de force] ; plus que le *shih*, il importe de saisir le *yun* [rythme ou résonance] ; plus que le *yun*, il importe de saisir le *hsing* [nature ou essence]. La forme extérieure relève du rond, du carré, du creux, du plat, etc. ; elle peut être entièrement rendue par le pinceau. Les lignes de force, elles, résident dans la poussée interne dont l'objet est animé, avec son mouvement continu ou syncopé, circulaire ou brisé ; le pinceau peut également les cerner, mais mieux vaut qu'il ne le fasse pas de façon trop complète. Afin de douer l'objet d'une aura, le peintre doit avoir souci d'intégrer le virtuel dans son travail du pinceau et de l'encre. Au-delà des lignes de force, il y a, nous l'avons dit, la résonance, que seul un esprit libre et souverain saura capter. Quant à l'essence, elle est ce qui relie tout objet (ou sujet) à son Ciel en soi. Le peintre l'appréhende, non par un acte uniquement volontaire, mais par l'illumination, laquelle ne pourra survenir que si le peintre a maîtrisé totalement son art.

*

▲ Monsieur le gouverneur Chen, me parlant du peintre Huang Kung-wang, dit que celui-ci passait des journées entières dans les montagnes sauvages. Assis au milieu des arbres touffus et des rochers désordonnés, il avait le regard perdu au loin ; personne ne pouvait deviner ce qui habitait son esprit. D'autres fois, il se rendait à Mou-chung, là où le fleuve débouchait sur la mer. Il y jouissait du spectacle grandiose qu'offraient le courant précipité et les vagues sonores. Rien ne pouvait alors le perturber, ni le souffle de la tempête qui arrivait brusquement ni les cris des démons des eaux. C'est bien à cause de cette imprégnation du paysage que son art du pinceau possède un tel pouvoir de magie et de métamorphose, pouvoir qui le fait rivaliser avec la Création elle-même.

Fang Shih-shu
(dynastie Ts'ing)

▲ Montagnes et eaux, herbes et arbres, procédant de la création naturelle, incarnent le Plein. L'artiste qui appréhende l'univers par l'esprit, et dont la main obéit à ce même esprit, incarne, lui, le Vide. Œuvrant au sein du Plein, l'artiste doit faire paraître le Vide dans la qualité d'être et de non-être de son pinceau-encre. Les Anciens comprenaient bien cela. Eux savaient rendre les coloris des montagnes et des arbres, la vivacité des eaux et des rochers ; et de plus créer par-delà Ciel et Terre une aura mystérieuse. Au gré de leurs inspirations, les traits qu'ils traçaient se dépouillaient toujours du superflu et conservaient l'essentiel ; ils attiraient le Vide originel et captaient les images invisibles.

Ch'eng Yao-t'ien [22]
(dynastie Ts'ing)

▲ La voie de la calligraphie est fondée sur la maîtrise du Vide ; elle n'est autre que la voie même du Ciel. C'est bien

---

22. Théoricien de l'art calligraphique ; auteur du *Shu-shih* [« Structure interne de la calligraphie »]. Dans ce texte décisif, il formule les règles communes qui régissent la calligraphie et la peinture.

par le Vide que se meuvent soleil et lune, que se succèdent les saisons, c'est de lui que procèdent les dix mille êtres. Toutefois, le Vide ne se manifeste et n'opère que par le Plein. Le ciel se meut en tant qu'il s'appuie sur des pôles fixes. De même, les astres s'attachent au ciel stable avant de pouvoir tourner au gré du mouvement du ciel mobile, produisant, par leur rotation, aube et crépuscule. La voie de la calligraphie, nous l'avons dit, n'est point autre. L'art calligraphique s'accomplit au moyen du pinceau. Celui-ci est manipulé par les doigts, lesquels le sont par le poignet et l'avant-bras. L'avant-bras, lui, obéit au coude et le coude se laisse guider par le bras et l'épaule. Épaule, coude, avant-bras, doigts appartiennent tous au côté droit du corps, lequel s'appuie à son tour sur le côté gauche du corps. Les deux côtés, ensemble, forment la partie supérieure du corps. Celle-ci, bien entendu, ne saurait fonctionner que grâce à la partie inférieure du corps, et plus particulièrement aux deux pieds. Fermement posés sur le sol, les deux pieds incarnent par excellence le plein de la partie inférieure du corps. C'est à partir de là que tout se joue. Le plein de cette partie inférieure a pour mérite en effet de permettre à la partie supérieure du corps d'être habitée par le vide. Non un vide pur et inerte, car, tout en étant habitée par le vide, la partie supérieure possède aussi son plein qui n'est autre que son côté gauche. Prenant appui sur la table et se reliant en même temps aux deux pieds, ce côté gauche, plein, permet alors au côté droit d'être habité par le vide. Mais, à l'intérieur du côté droit, ainsi rendu disponible, s'instaure à nouveau un jeu de vide et de plein en chaîne, chaque élément qui le compose devenant tour à tour plein et vide. C'est ainsi que l'épaule vide, devenant pleine, agit sur le coude vide, le coude vide, devenant plein, agit sur l'avant-bras vide ; l'avant-bras vide, devenant plein, agit sur les doigts vides. C'est dans les doigts que le vide atteint son extrême. Cependant, le vide qui s'y loge ne saurait tourner « à vide » ; il faut qu'il devienne à son tour plein. Car les doigts, ne l'oublions pas, sont prolongés par le pinceau. Or, le vrai pinceau, selon

l'expression heureuse des Anciens, doit être comme un
« tube crevé », dans la mesure où le vide des doigts doit
entièrement passer en lui au risque même de le faire éclater.
Gonflé de vide, le « tube crevé » qu'est le pinceau ne se limi-
tera pas au rôle d'un simple réceptacle ; il est en charge de
tout le mouvement dynamique du corps que nous venons de
décrire, mouvement dont il est l'aboutissement. Investi d'un
pouvoir plénier, il est à même d'imposer une action double :
par son plein, il imprime l'encre dans le papier si fortement
qu'il semble le traverser ; par son vide, il glisse sur le papier,
aérien tel un pur esprit qui sur son passage remplit l'espace
de sa présence sans laisser de traces palpables.

Cheng Chi [23]
(dynastie Ts'ing)

▲ Dans chaque tableau, il y a un endroit approprié pour
l'inscription d'un poème (ou d'un texte). Selon la règle

---

23. Peintre et théoricien du XIXe siècle, auteur du *Meng-huan-chü hua-hsüeh chien-ming* [« Précis de peinture du Pavillon du Rêve »], ouvrage très complet qui embrasse les grands thèmes de la peinture chinoise : Paysage, Person-nages, Fleurs et Plantes, Oiseaux, Animaux. Sur la pratique qui consiste à inscrire des vers ou un poème dans un tableau, pratique courante dans la peinture des lettrés, nous ne retenons que le texte, d'ordre plus technique, de Cheng Chi traduit ici, alors qu'il existe de nombreux propos, souvent brefs, sur ce thème inlassablement répété. Quant à la signification profonde de cette pratique qui incarne l'idéal du mariage de la peinture et de la poésie, nous avons eu l'occasion de la sonder ailleurs, notamment dans notre ouvrage *Vide et Plein. Le langage pictural chinois, op. cit.* Il nous suffit de rappeler que le langage poétique perpétue une perception vécue et que le langage pictural recrée un espace rêvé ; leur symbiose tend à engendrer un univers complet d'espace-temps en devenir. Les signes inscrits au cœur du tableau deviennent la voix intérieure du Paysage, lequel n'en finit pas de se révéler.

générale, on inscrit des vers dans le vide du ciel ou sur la paroi d'une falaise. S'agissant d'une inscription dans le vide du ciel, évitez des lignes par trop régulières ; il faut varier la longueur des vers inscrits, en fonction de la forme de l'espace laissé libre. Évitez aussi que les vers inscrits étouffent les figures peintes ; veillez à ce qu'il y ait entre eux des blancs judicieusement ménagés. Il importe en effet que les figures peintes puissent rayonner, comme portant une auréole, et que les vers inscrits apparaissent comme une émanation de cette auréole. En un mot, peinture et écriture doivent l'une l'autre se compléter et se prolonger, cela aussi bien par leur contenu que par leurs effets visuels. Là où, dans un tableau, occupant une position latérale, se dressent vers le haut rochers et sapins, apposez, sur le côté opposé, une inscription en longues lignes verticales pour accentuer la tension. Là où s'étend une eau paisible, avec sa berge de sable, ses roseaux épars et ses collines lointaines, écrivez, sans trop vous appesantir, quelques vers à l'horizontale. Mais, s'il y a des oies sauvages qui s'envolent, une inscription en lignes trop relâchées aura pour fâcheux effet d'affaiblir l'impression d'élan. L'écriture doit donc s'intégrer dans la composition du tableau. Il en va de même pour ce qui touche le style. La calligraphie et la peinture relevant toutes deux de l'art du trait, il faut qu'il y ait symbiose entre le trait pour l'inscription et le trait pour dessiner les figures. Un artiste complet sait varier ses traits, vigoureux ou gracieux, en style appliqué ou en style cursif, en fonction du style même du tableau.

Art pictural en général

Huang Pin-hung [24]
(dynastie Ts'ing)

▲ Peindre un tableau, c'est comme jouer au jeu de Go. On s'efforce de disposer sur l'échiquier des « points disponibles ». Plus il y en a, plus on est sûr de gagner. Dans un tableau, ces points disponibles, ce sont les vides. Oui, en peinture on n'insiste jamais assez sur l'importance du vide. Il y a le grand Vide et les petits vides par quoi l'espace se contracte et se dilate à souhait. C'est en faisant allusion à cela que les Anciens disaient : « L'espace peut être rempli au point que l'air semble ne plus y passer, tout en contenant des vides tels que des chevaux peuvent y gambader à l'aise ! »

Fan Chi [25]
(dynastie Ts'ing)

▲ Dans la peinture, on fait grand cas de la notion de Vide-Plein. C'est par le Vide que le Plein parvient à manifester sa vraie plénitude. Cependant, que de malentendus il convient de dissiper ! On croit en général qu'il suffit de ménager beaucoup d'espace non peint pour créer du vide. Quel intérêt

---

24. Grâce à sa longévité, Huang Pin-hung (1864-1955) est considéré comme l'exemple le plus réussi d'un peintre qui appartient à la fois à la dynastie Ts'ing et à l'époque moderne.

25. Fan Chi vécut pauvre comme peintre vers la fin du XVIIIe siècle. Grand connaisseur et expert en antiquités, il laissa un court mais excellent ouvrage intitulé *Kuo-yun-lu hua-lun* [« Propos sur la peinture du Pavillon des Nuages Effacés »].

présente ce vide s'il s'agit d'un espace inerte ? Il faut en quelque sorte que le vrai Vide soit plus pleinement habité que le Plein. Car c'est lui qui, sous forme de fumées, de brumes, de nuages ou de souffles invisibles, porte toutes choses, les entraînant dans le processus de secrètes mutations. Loin de « diluer » l'espace, il confère au tableau cette unité où toutes choses respirent comme dans une structure organique.

Le Vide n'est donc point extérieur au Plein, encore moins s'oppose-t-il à celui-ci. L'art suprême consiste à introduire du Vide au sein même du Plein, qu'il s'agisse d'un détail ou d'une composition d'ensemble. Il est dit : « Tout trait de pinceau doit être précédé et prolongé par l'idée [ou l'esprit]. » Dans un tableau mû par le vrai Vide, à l'intérieur de chaque trait, entre les traits, et jusqu'au cœur de l'ensemble le plus dense, les souffles dynamiques peuvent et doivent librement circuler.

Shen Tsung-ch'ien [26]
(dynastie Ts'ing)

▲ L'univers est fait de souffles vitaux et la peinture s'accomplit au moyen du pinceau-encre. La peinture n'atteint son excellence que si les souffles émanant du pinceau-encre s'harmonisent pour ne plus faire qu'un avec ceux de l'univers. Il se dégage alors une voie cohérente à travers l'apparent désordre des phénomènes. Il importe donc que l'artiste laisse mûrir en lui le *i* [idée, vision] de toutes choses, afin que

---

26. Shen Tsung-ch'ien, du XIIIe siècle, est l'auteur d'un important traité à la fois théorique et pratique intitulé « Étude de la peinture sur une barque minuscule ». L'ouvrage, rigoureusement construit, traite longuement de quelques grands thèmes : Paysage, Personnages, Art du portrait.

l'exécution d'un tableau qui réalise spontanément le dilué-concentré, le clair-obscur, le virtuel-manifesté soit animée par le courant vital dont l'univers est habité. Tout tableau exécuté selon ce principe possède naturellement la qualité de *ch'i-shih* [poussée interne, lignes de force] dont on parle tant.

*

▲ Le trait de pinceau est l'épine dorsale de la peinture. Arbres et rochers ont des formes d'une infinie variété ; elles naissent sous le pinceau de l'artiste à mesure que celui-ci, guidé par son esprit, trace des traits. Ces traits tracés, à leur tour, guident l'esprit de l'artiste. Il s'établit ainsi un rapport réciproque entre l'esprit de l'artiste et les traits tracés. Dans un tableau, l'ensemble des traits tracés, nés de nécessité et chargés de saveur, constituent l'ossature sans laquelle muscles et tendons ne se relieraient pas, chair et sang ne prendraient pas vie. C'est pourquoi les Anciens mettaient tant l'accent sur l'art du trait. Car ne chercher que l'effet de surface sans travailler la structure interne de l'os revient à peindre aux couleurs vives un mur fait de terre tassée. C'est beau à voir de l'extérieur ; mais l'intérieur est miné, voué un jour à l'effondrement.

*

▲ Toutes choses sous le ciel sont douées de forme et de couleur. Au pinceau de dessiner la forme et à l'encre de recréer la couleur. Lorsqu'on dit couleur, on ne se réfère pas tant au vert, au rouge, etc., qu'à mille nuances claires ou sombres qui confèrent aux choses leur aura. Adroitement maniée, l'encre est à même de faire ressortir les expressions subtiles des choses, de restituer une scène dans toute sa fraîcheur. C'est bien par l'encre que les souffles harmoniques se manifestent le plus pleinement.

En peignant, l'artiste doit utiliser l'encre par couches successives, sinon celle-ci ne donnerait qu'un bloc noir. Appliquée légère, l'encre est discrète comme une brume évanescente ; concentrée, elle brille comme un œil ouvert ; sèche, elle suggère cet état indicible entre être et non-être ; mouillée, elle irradie d'effets chatoyants. Elle peut être limpide comme un lac d'automne, luxuriante comme une colline au printemps, fraîche comme une fleur à l'aube et délicate comme une herbe parfumée. Elle conserve à travers les siècles sa lumineuse qualité, lors même que la soie serait rongée. Grâce à son rayonnement, l'âme du peintre ne périt pas, et le spectateur jouit d'un plaisir sans fin. Voilà ce qu'on appelle le pouvoir transformateur de l'encre (*mo-hua*).

Pu Yen-t'u [27]
(dynastie Ts'ing)

▲ Immense assurément est l'usage du *i* [idée, désir, intention, conscience agissante, juste vision] ; il ne concerne pas seulement l'art pictural. Sous-tendant tout ce qui vit et évolue au sein de l'univers, le *i* existe avant même le Ciel et la Terre. Dans le *I-ching* [« Livre des Mutations »], il désigne ce Presque-rien (ou Déclic) par quoi s'amorcent toutes transformations. Dans la peinture, c'est lui qui suscite l'esprit par quoi toutes figures s'incarnent. Au cours d'une exécution, le *i* doit guider le mouvement du pinceau. C'est dire que tout trait tracé doit être porté et prolongé par le *i* ; il serait fâcheux en

---

27. Pu Yen-t'u (XVIIIe siècle) était réputé pour son enseignement sur l'histoire et la théorie de l'art. Ses paroles furent consignées par ses élèves sous forme de questions et de réponses, d'où le titre de son ouvrage *Hua-hsüch hsin-fa wen-ta* [« Dialogues sur l'esprit de la peinture »].

revanche qu'un trait tracé donne l'impression d'être allé trop loin par rapport au *i*. Car le véritable accomplissement d'un trait (ou d'un tableau) réside dans le fait même qu'il se laisse parachever par le *i*, et non point dans le trop-achevé.

Plantes et animaux du monde créé exaltent la vie grâce au *i*. Dépourvus de *i*, ils seraient privés de souffle vital. Ils ne se présenteraient plus alors que comme des bœufs d'argile, des chevaux de bois, des chiens et des coqs en terre cuite ; il n'y manque rien pour ce qui est de la forme extérieure, mais le spectateur ne saurait les regarder longtemps sans se lasser.

De même, c'est bien par le *i* qu'un tableau de paysage, avec ses arbres gracieux ou forêts touffues, ses pics rocheux abrupts ou majestueux, fascine infiniment le spectateur. Sans le *i*, le tableau n'est plus animé par le souffle-esprit, il n'est plus qu'une carte géographique gravée sur bois. Tous les éléments certes y sont présents ; mais ils ne sauraient retenir longtemps le regard.

Un artiste qui aborde la peinture se doit donc de maîtriser la relation d'interdépendance entre le *i* et le pinceau, en gardant à l'esprit que, dans cette relation, le *i* constitue la substance principale et le pinceau l'usage. Un pinceau doué de *i* est pareil à un couteau avec son tranchant. C'est ce dernier qui permet au couteau d'exercer son efficace en découpant le bois le plus tordu, le plus dur. Le *i* permet donc au pinceau d'aller à la rencontre d'innombrables aspects du monde créé sans être jamais démuni. Dans l'expression « user d'un pinceau », le verbe user est l'équivalent du verbe couver dans le sens qu'une poule couve un œuf, ou du verbe capturer dans le sens qu'un chat capture une souris. Concentré et déterminé, le pinceau pénètre le cœur des choses, en épouse les poussées internes, cela aussi bien dans la représentation des montagnes denses et profondes que dans celle de la moindre branche ou feuille. Que le maniement du pinceau soit toujours mû par le *i*, que le trait tracé s'imprègne toujours de l'esprit qui le déborde, c'est à cette condition qu'à la longue un artiste verrait la vraie vie et la vraie saveur jaillir de toutes parts en sa peinture. Atteignant cet état, il sera l'égal d'un Ching Hao et d'un Kuan T'ung [28], ou d'un Kuo Hsi et d'un Fan K'uan [29] !

*

▲ Toutes choses sous le ciel, et non seulement le paysage, comportent leur double aspect visible-invisible. Le visible, incarnant ce qui est manifesté au-dehors, relève du Yang ; l'invisible, recelant ce qui est caché à l'intérieur, relève du Yin. Leur nature complémentaire participe de la loi formulée par le célèbre adage : « Un Yin, un Yang, c'est le Tao. » Pour illustrer notre propos, nous allons nous servir des exemples suivants.

Prenons un dragon qui sort de son repaire aquatique et s'envole dans le ciel. S'il se montre à nu tout entier, de quel mystère peut-il s'envelopper ? Le spectateur qui lève la tête pour l'observer aura tôt fait de le détailler : voici la tête, voici la queue, voici encore la barbe et les griffes... Une fois sa curiosité satisfaite, il s'en désintéresserait. Aussi un vrai dragon se dissimule-t-il toujours derrière les nuages. Charriant vents et pluies, il s'élance, fulgurant ; virevolte, superbe. Tantôt il fait briller un pan de ses écailles, tantôt il laisse pendre un bout de sa queue. Le spectateur médusé, les yeux écarquillés, n'en pourra jamais faire le tour. C'est bien par son visible-invisible que le dragon exerce son infini pouvoir de fascination.

Prenons maintenant l'exemple de l'évolution atmosphérique. Si le vent et la pluie arrivent toujours à jour fixe, aussi régulièrement que les marées du matin et du soir, quel empire peuvent-ils avoir sur les hommes ? Car l'évolution atmosphérique tient les hommes en haleine justement par sa nature

---

28. Ching Hao et Kuan T'ung, deux grands peintres du Xe siècle, comptent parmi les prédécesseurs de la peinture de paysage en Chine.
29. Kuo Hsi (act. 1020-1075) et Fan K'uan (act. 990-1030), peintres célèbres de la dynastie Sung.

imprévisible. Il faut bien que les hommes souffrent de l'extrême chaleur qui fait craqueler le sol et fondre les pierres, qu'ils aspirent depuis leur tréfonds à un peu de fraîcheur, sans que cependant se manifeste le moindre signe de vent et de pluie. Mais, au moment où ils ne s'y attendent plus, et comme opportunément, voilà que les fenêtres étouffantes se mettent à frémir au passage de l'air vif, et que la terre assoiffée boit l'eau bienfaisante qui tombe soudain en cataractes ! N'est-ce pas de son visible-invisible que l'atmosphère tire toute sa magie ?

Mon troisième exemple a trait à un lettré au vaste savoir et au talent hors pair. Trop imbu de sa supériorité, il chercherait à étaler partout ses qualités, lesquelles perdraient vite de leurs attraits. C'est pourquoi un vrai homme supérieur se montre humble et réservé. Son apparence peut paraître banale, mais son univers intérieur, riche et profond comme une vallée, est aussi insondable qu'inépuisable. Tel est le visible-invisible d'un lettré.

N'en va-t-il pas de même pour la beauté féminine ? Supposons qu'une belle femme se tienne au beau milieu d'un terrain abandonné, se livrant sans réserve au regard de tous. Donnera-t-elle longuement à rêver, malgré ses yeux limpides comme l'eau d'automne, ses doigts délicats comme de jeunes pousses, son cou de cygne et sa chevelure étincelante de jades ? Aussi est-ce souvent derrière un rideau de soie ou un store de bambou que se cache sa silhouette dont la grâce est rehaussée encore par le mouvement de sa longue jupe. On surprend un instant son profil devant son miroir auprès d'une croisée. On la contemple un moment, lorsque, pensive, elle s'appuie contre la balustrade. Beauté éthérée, insaisissable comme brume et nuage, au parfum secret et captivant, et dont la merveilleuse essence ne saurait être transmise par de simples paroles !

Nous venons de parler des lettrés et des femmes. Parlons à présent de leur demeure. Si celle-ci se situe en un lieu public, près d'une rue passante ou d'une route, montrant sans rien cacher ses piliers et ses balustrades, ses tentures et ses rideaux, elle manquerait de la distance qui fait le charme d'une demeure intime. Combien serait-elle plus attirante si on la voyait du dehors, par-dessus un mur d'enceinte, avec ses pavillons et belvédères ordonnés ou disséminés dans une perspective toute en profondeur. On aperçoit ici un bosquet de bambous brillant encore de gouttes de pluie, là un groupe de saules enveloppés d'une brume légère ; cependant qu'au milieu d'eux surgissent les chevrons des toits et les cornes des auvents qui dessinent dans le ciel leurs verticales arabesques. On imagine sans peine des fêtes qui se déroulent en cette demeure, des coupes de vin levées au milieu des manches rouges, des chants clairs jaillis d'entre les robes vertes. On n'en finit pas de composer par la pensée des scènes ravissantes...

Tout comme le cadre de la demeure humaine, le jardin gagne aussi en qualité grâce à son visible-invisible. Aux fleurs rangées trop impeccablement, avec leurs tiges et leurs corolles bien exposées, il faut préférer la manière plus fantaisiste qui consiste à laisser pousser par exemple une touffe de fleurs au détour d'un mur ou une simple tige dans la faille d'un rocher. Le promeneur est appelé sans cesse à la découverte sans que son plaisir en soit jamais épuisé.

Observons à présent le destin humain qui a sa part de visible-invisible. On sait que la durée d'une vie dépend, non de l'homme, mais du Ciel. Tel, comme P'eng-tsu, vit huit cents ans ; tel autre meurt jeune, avant l'âge adulte. Si P'eng-tsu avait su à l'avance qu'il vivrait exactement huit cents ans, s'en serait-il félicité ? De même, si celui qui doit mourir jeune le savait à l'avance, quel plaisir tirerait-il de la vie ? C'est pourquoi le Créateur maintient ses créatures dans l'ignorance de leur destin. Un P'eng-tsu ne sait pas plus sur sa longévité qu'un mort jeune ne sait sur la brièveté de sa vie. On vit comme si l'on devait toujours vivre ; on meurt quand survient la mort. La longévité et la brièveté aboutissent à la même fin. P'eng-tsu n'a pas plus de raisons de s'en féliciter que le jeune homme de s'en lamenter. Tout le sel de la vie tient au visible-invisible du destin.

Il s'ensuit que l'homme doit apprendre à vivre dans la succession des jours et des nuits. D'une façon générale, durant le jour, écrasé par le fardeau de son foyer, il endure les pleurs de sa femme et les cris de ses enfants. Durant la nuit, il fait de beaux rêves où la fortune lui sourit : sa femme se voit attribuer des terres et ses enfants occupent de hauts postes. A force ainsi de souffrir le jour et de rêver la nuit, sa vie monotone et frustrée manque totalement de saveur. Aurait-il été capable de transcender cette monotonie fatale, et de comprendre que derrière le visible réside l'invisible, sa vie en aurait été transformée. Il ne saurait plus considérer le rêve comme rêve et considérer en revanche rêve comme non-rêve. Il serait à même alors de connaître des états de félicité, de jour comme de nuit, en éveil comme en rêve !

C'est ici que nous pouvons revenir à notre propos initial, à savoir, l'aspect visible-invisible du paysage. Comment un paysage composé de montagne et d'eau peut-il inspirer un peintre, si ses pics, ses forêts, ses ponts et ses habitations se présentent comme des échantillons figés et sans secret ? C'est pourquoi une vraie montagne possède en sa hauteur des sommets inviolés et en sa profondeur des abîmes insondables. A propos de la montagne, Liu Tsung-yuan, des T'ang, parlait de ses rochers qui descendent en cascade vers la vallée tel un troupeau de bœufs ou de chevaux allant boire à la source, ou qui grimpent, tumultueux, vers le sommet, comme des ours en furie. Su Tung-po, des Sung, parlait, lui, de ses falaises qui se dressent verticalement sur mille pieds, pareilles à des bêtes féroces ou des démons étranges prêts à foncer sur leur proie, falaises dans les failles desquelles l'eau et le vent provoquent des échos qui se répercutent à l'infini. Au sein d'un univers foisonnant et non révélé où s'enchevêtrent des formes fantastiques et alternent ombres et lumières, il serait naturel que nuages violets et brumes roses circulent au milieu des piliers célestes et des passerelles de l'arc-en-ciel, que des Immortels s'assemblent, des Sages se révèlent, des perles et jades se forment, des richesses insoupçonnées se produisent.

Le paysage qui fascine un peintre doit donc comporter à la fois le visible et l'invisible. Tous les éléments de la nature qui paraissent finis sont en réalité reliés à l'infini. Pour intégrer l'infini dans le fini, pour combiner visible et invisible, il faut que le peintre sache exploiter tout le jeu de Plein-Vide dont est capable le pinceau, et de concentrée-diluée dont est capable l'encre. Il peut commencer par le Vide et le faire déboucher sur le Plein, ou inversement. Le pinceau doit être mobile et vigoureux : éviter avant tout la banalité. L'encre doit être nuancée et variée : se garder de tomber dans l'évidence. Ne pas oublier que le charme de mille montagnes et de dix mille vallées réside dans les tournants dissimulés et les jointures secrètes. Là où les collines s'embrassent les unes les autres, où les rochers s'ouvrent les uns aux autres, où s'entremêlent les arbres, se blottissent les maisons, se perd au loin le chemin, se mire dans l'eau le pont, il faut ménager des blancs pour que le halo des brumes et le reflet des nuages y composent une atmosphère chargée de grandeur et de mystère. Présence sans forme mais douée d'une structure interne infaillible. Il n'est pas trop de tout l'art du visible-invisible pour la restituer !

*

▲ L'art de l'encre, comme il est magique et quasi surnaturel ! C'est avec les six nuances de l'encre (sèche, mouillée, claire, foncée, blanche, noire) que le peintre tente de recréer les vibrations des innombrables phénomènes de la Création. Au-delà de ces nuances, il y a encore le « sans-encre » qui n'est pas tout à fait dénué d'encre ; c'est une sorte de prolongement de la nuance « sèche-claire », proche du blanc du papier. Alors que la « sèche-claire » reste encore un tant soit peu marquée par le Plein, le « sans-encre », lui, l'est par le Vide. Il existe par ailleurs un procédé intermédiaire appelé *ch'iu-jan* [lavis gradué] qui consiste à suggérer le Vide par un Plein très atténué. Ainsi, en alternant savamment Vide et Plein, on parvient à épuiser les richesses virtuelles de l'encre. Au total, s'il est aisé au pinceau-encre de dépeindre le visible, le Plein, il lui est bien plus difficile de représenter l'invisible, le Vide. Entre les monts et les eaux, la clarté des nuages et l'ombre des fumées sont changeantes. Tantôt elles apparaissent, tantôt elles s'estompent. En plein éclat, ou cachées, elles recèlent en leur sein le souffle-esprit. Les Anciens, eux, cherchaient par tous les moyens à en sonder le mystère : par le pinceau-sans-pinceau pour en capter le souffle, et par l'encre-sans-encre pour en saisir l'esprit.

Wang Hsüeh-hao
(dynastie Ts'ing)

▲ Dans un tableau, lorsque l'on applique des couleurs, c'est pour compléter ce qui pourrait manquer au pinceau-encre, pour en rehausser la qualité ineffable. Il faut donc qu'il y ait osmose entre le travail des couleurs et celui du pinceau-encre. Si les couleurs demeurent distinctes du pinceau-encre et apparaissent comme des ajouts, le tableau, rendu artificiel, ne sera plus que du « barbouillage ».

T'ang Tai
(dynastie Ts'ing)

▲ L'art de l'encre est certes merveilleux ; il transmet l'essence de la montagne et de l'eau, sans parvenir toujours à marquer les nuances des quatre saisons. Or, la couleur de la montagne varie selon les moments et les saisons, d'où l'importance de l'emploi des couleurs dans la peinture de paysage. Pour peindre une montagne au printemps, on use principalement du bleu et du vert afin de mettre en valeur les tons des herbes brillantes de gouttes de pluie ou des pétales parsemant la berge d'une rivière ; pour représenter aussi des barques de pêcheurs qui vont et viennent le long d'une falaise. Ces couleurs éveillent chez les spectateurs un sentiment de joie. Pour une montagne en été, on se sert également du bleu et du vert, ainsi que de l'ocre minéral, notamment dans la représentation des frondaisons chargées d'ombres ou de larges feuilles de lotus répandant un parfum exquis, ou encore d'une colline après la pluie, tout environnée de brumes lumineuses. Ces couleurs éveillent chez le spectateur un sentiment de paix. S'agissant d'une montagne en automne, on utilise principalement l'ocre, le rouge et le vert foncé pour faire ressortir les nuances des feuilles d'érables, du reflet profond d'un étang ; ou pour représenter un temple solitaire dressé vers les nuages sans personne sur les sentiers qui l'entourent. Ces couleurs éveillent chez le spectateur un sentiment de recueillement mêlé de mélancolie. Quant à la montagne en hiver, elle demande des couleurs discrètes ou sombres, gris argenté, brun foncé, etc. Avec ces couleurs, qui inspirent au spectateur un sentiment de respect mêlé de crainte, on peut peindre de l'eau glacée tombant en un mince filet, des flocons de neige frôlant une balustrade, une forêt dénudée, ou de hautes cimes enveloppées de blanc. Quand on saisit bien l'esprit de chaque saison, les couleurs qu'on applique font irradier l'encre. Comme il ne s'agit point d'un simple coloriage, veillez à ce que l'usage de la couleur ne soit jamais exagéré ; celui-ci doit obéir à la même loi qui gouverne l'usage de l'encre où priment les notions de souffle et de résonance. Le bleu et le vert sont concentrés ; si on les utilise de façon inconsidérée, ils risquent d'« écraser » l'encre. Pour les autres couleurs, sachez les appliquer graduellement. Commencer par une couche claire, l'épaissir peu à peu, faire en sorte qu'un ton émerge d'un autre ton, et qu'une nuance dérive d'une autre nuance. Le résultat final doit être le mariage parfait entre l'encre et la couleur, se complétant l'une l'autre, dans un commun rayonnement.

*

▲ C'est grâce au souffle que l'univers, dans son perpétuel mouvement d'ouverture et de clôture, porte et façonne toutes choses. Il en va de même pour la peinture. Les Anciens, dans leur pratique, se référaient aux souffles vitaux Yin et Yang. Leur art du pinceau, tendu vers le dynamisme, relevait du Yang ; leur art de l'encre, marqué par le quiétisme, relevait du Yin. Et la combinaison judicieuse du pinceau-encre se réglait sur le modèle de l'interaction Yin-Yang ; en sorte que dans leurs réalisations, qu'il s'agisse de grands paysages ou de simples arbres et rochers, il n'y ait pas un trait qui ne soit original, ni un point qui ne soit vivant. Car le naturel qui découle de leur pinceau-encre s'accorde au naturel du Ciel (Yang)-Terre (Yin). Ce naturel, toutefois, ne s'obtient point naturellement, ni rapidement. Que d'observations et d'exercices cela exige ! Il faut que, durant une longue période et par une concentration de tous les instants, l'artiste intériorise le monde extérieur, tout en assimilant la technique picturale, jusqu'à ce que chez lui l'acte de peindre vrai et juste devienne sa respiration même. Parvenu à ce stade, l'artiste verra que tout ce que son cœur et sa main désireront sera naturellement conforme à la loi. Ou, inversement, que la loi se transformera au gré de son désir. Ce qu'il fera sera à l'image du vent qui frôle la surface de l'eau et qui provoque des rides rythmiques. Il a été dit : « Il ne s'agit pas tant d'imiter la nature que de prendre part au processus même de la Création. »

Wang Yü [30]
(dynastie Ts'ing)

▲ Tout le monde connaît l'importance du *li* [principe interne qui structure toutes choses] et du *ch'i* [souffles vitaux qui animent toutes choses] ; c'est pourtant ce qu'en général on néglige. Il est essentiel que l'artiste travaille en lui-même, en son cœur et son esprit, jusqu'à ce que le *li* et le *ch'i* de toutes choses y atteignent rectitude et pureté. C'est alors qu'irrésistiblement, de son for intérieur, jaillit une pensée palpitante qui remplit tout l'univers créé ; et, du même coup, de sa main surgissent des traits chargés d'une saveur insoupçonnée et incomparable.

*

▲ Engagé dans l'acte de peindre (un paysage, par exemple), l'artiste est censé avoir maîtrisé auparavant les deux choses primordiales que sont l'art de la composition et celui du pinceau-encre.

---

30. Wang Yü, qui vécut vers la fin du XVIIe siècle et le début du XVIIIe, fut élève du grand peintre Wang Yuan-ch'i. Dans son *Tung-chuang lun-hua* [« Propos sur la peinture du Pavillon de l'Est »], contrairement à son maître qui prônait l'imitation des Anciens, il insistait sur une approche personnelle de la création.

Pour la composition, qu'il ait toujours présents à l'esprit les éléments suivants : le couple complémentaire Yin-Yang, c'est-à-dire le traitement de la « face » et du « dos » d'une scène représentée ; la séquence rythmique montée-descente *ch'i-fu*, c'est-à-dire l'agencement des structures dans leur mouvement horizontal ; l'opposition organique ouverture-clôture, *k'ai-ho*, c'est-à-dire la disposition des ensembles hauts ou bas, éloignés ou proches ; et puis tout ce qui touche le rapport subtil entre diverses figures peintes, la façon dont elles s'embrassent sans s'étouffer, se séparent sans se disperser. Il importe avant tout que le tableau qui se fait soit habité d'une souveraine aisance sans que l'espace créé perde en rien de son intensité.

Quant au maniement du pinceau-encre, que le peintre s'efforce de rechercher les effets contrastifs suivants : appuyé-enlevé, lent-rapide, continu-syncopé, sèche-mouillée, concentrée-diluée, foncée-claire. Là aussi, il importe qu'en peignant l'artiste n'interrompe point le courant vital et que, chez lui, l'œil et la main ne fassent qu'un.

*

▲ Deux moments cruciaux dans l'exécution d'un tableau : le commencement et la fin. Le commencement doit être à l'image d'un cavalier lancé au galop ; celui-ci éprouve la sensation de pouvoir à tout moment freiner le cheval sans l'arrêter tout à fait. La fin, elle, doit ressembler à une mer qui reçoit tous les cours d'eau qui se déversent en elle ; celle-ci donne l'impression de pouvoir tout contenir, tout en étant menacée de débordement.

*

▲ La pure vacuité, voilà l'état suprême de la peinture. Seul le peintre qui l'appréhende en son cœur peut se dégager du carcan des règles ordinaires. Comme dans l'expérience d'illumination du *Ch'an* [*Zen*], sous l'effet d'un coup de bâton, il s'abîme soudain dans le Vide éclaté.

Tung Ch'i
(dynastie Ts'ing)

▲ L'art du pinceau, comme il est subtil ! En traçant les traits, le peintre doit avoir souci d'introduire de la courbe au sein d'un trait droit, de la force au sein d'un trait léger, du vide au sein d'un trait plein, de la sécheresse au sein d'un trait mouillé et de la substance charnelle au sein d'un trait sec.

On connaît le célèbre adage [31] : « Avant de dessiner un bambou, qu'il pousse déjà en votre for intérieur. » Le peintre sera d'autant plus libre qu'il possède l'entière vision de ce qu'il va peindre. Quels que soient les mouvements de sa main, droits ou obliques, continus ou syncopés, à l'horizontale ou à la verticale, ils épouseront toujours son désir le plus profond. Tel un serpent effarouché ou une liane suspendue, ses gestes alertes permettront d'engendrer des formes sans cesse renouvelées : nuages dressés en rangs de bataille, dragons et phénix évoluant en harmonie... Ces formes seront toujours empreintes de justesse : elles peuvent être lourdes sans être compactes, légères sans être flottantes, sèches sans être insipides, grasses sans être mièvres et liquides sans être stagnantes. Que de merveilles peuvent naître d'une simple touffe de poils de quelques centimètres !

*

---

31. Voir, *supra*, le texte de Su Tung-po.

Art pictural en général

▲ Tout trait tracé comporte un commencement et une fin. Quand on trace un trait vers la gauche, on pousse d'abord vers la droite ; de même, quand on trace un trait vers le bas, on pousse d'abord vers le haut. Le trait ainsi tracé acquiert relief, tension et mobilité. Si le commencement d'un trait obéit à des règles strictes, en revanche, la fin d'un trait peut être d'une infinie variété. Il peut se terminer en ramure ou en tronc d'arbre, en pierre ou en herbe, selon les besoins du tableau. Le peintre usera de toute la gamme des maniements du pinceau qui sont à sa portée : « par-devant », « par le biais », « à rebrousse-poil », « à poils couchés », « en pressant », « en soulevant », « en traînant », « en frottant », etc. Tout cela étant soutenu par un rythme essentiel.

T'ang Hou [32]
(dynastie Yuan)

▲ Lorsqu'on contemple une peinture de personnages, l'attention doit être portée d'abord sur les souffles harmoniques dont le tableau est censé être habité ; et ensuite, dans l'ordre, sur le travail du pinceau, sur la qualité d'os des traits, sur la disposition des éléments dans le tableau, sur l'application des couleurs, et enfin seulement sur la ressemblance. Cela est vrai aussi pour des tableaux représentant un paysage, des bambous, des orchidées, des prunus, des arbres desséchés, des rochers insolites, des fleurs, des animaux, et notamment pour des tableaux dans le genre « librement inspiré ». Il ne faut point accorder la primauté à la ressemblance, mais

---

32. Critique et grand connaisseur du début du XIVe siècle.

apprendre à apprécier ce qui se situe au-delà du pinceau et de l'encre : la saveur, la grâce.

*

▲ Les gens d'aujourd'hui ne cherchent dans la peinture que la ressemblance ; ils suivent la voie contraire à celle des Anciens. Dans la peinture de personnages, Li Po-shih peut être considéré comme le plus grand après Wu Tao-tzu ; mais il pèche encore par un trop grand souci de ressemblance. Car le merveilleux de l'art pictural réside dans la qualité de souffle et d'esprit dont le pinceau est chargé. L'exigence de la ressemblance ne vient qu'après. Le poète Su Tung-po disait : « Celui qui ne cherche dans la peinture que la ressemblance n'est guère différent d'un enfant ; tout comme celui pour qui les vers d'un poème doivent s'en tenir au seul sujet explicite n'est pas un connaisseur de poésie. »

*

▲ Il faut éviter de regarder un tableau sous la lampe, comme de le faire après le vin. S'abstenir également d'ouvrir un rouleau en compagnie des vulgaires. La manière désordonnée de dérouler le tableau risque de l'abîmer matériellement ; les propos ignorants et stupides (qui se veulent savants) constituent une offense non moins grave à la peinture.

Fang Hsün
(dynastie Ts'ing)

▲ Tous les aspects techniques de l'art pictural ont été abordés par les Six Canons. Il existe pourtant des procédés originaux non prévus par les Canons. Le peintre Sung Ti avait l'habitude de tendre la pièce de soie sur un mur délabré afin de s'inspirer des reliefs et des figures étranges qui transparaissaient. Kuo Hsu-hsien, lui, apposait d'abord une couche d'encre sur la soie, puis il la délavait doucement avec de l'eau ; et c'est à partir des traces qui restaient qu'il concevait ses paysages. De même Chu Hsiang-hsien aimait à commencer un tableau en mettant au hasard de l'encre sur la soie ; ensuite il l'effaçait à moitié et trouvait les figures de base d'un paysage. Tous ces procédés, qui consistent à dégager des lois de ce qui est foncièrement sans loi, ont pour but d'atteindre une vision plus libérée, plus « ancienne », plus mystérieuse et insaisissable. Quant aux peintres tels que Yang Hui et Kuo Hsi, ils savaient aussi chercher leurs inspirations au-delà du simple souci du pinceau et de l'encre.

Shen Hao [33]
(dynastie Ming)

▲ Le peintre Ni Yü, à l'époque où il peignait le tableau « Forêt aux lions », se référait encore aux maîtres anciens, puisque dans le tableau il écrivit : « Mon art a pour source celui de Ching Hao et de Kuan T'ung. » Plus tard, il apprit à obéir à sa loi propre, en même temps qu'à celle, secrète, des choses, cela aussi bien dans son art que dans sa vie. Tel un lion farouche et solitaire, il déambulait partout sans ses compagnons. Une nuit, inspiré, il peignit des bambous selon

---

33. Calligraphe et peintre du XVIIe siècle. Son court traité *Hua chu* [« Sur la peinture »] relate de nombreux faits concrets et prône la nécessité de s'inspirer directement de la nature.

le *i*. Le lendemain, au réveil, il constata que les bambous peints ne ressemblaient pas aux vrais bambous. En riant, il s'exclama : « Ne ressembler à rien, mais c'est justement ça le plus difficile ! »

*

▲ Un autre peintre avait l'habitude de commencer un tableau durant le jour. Lorsqu'il dormait la nuit, il rêvait qu'il pénétrait au cœur du tableau. Au réveil, il complétait le tableau en restituant les visions de son rêve. Ainsi, son esprit finissait par faire corps avec l'esprit de la Création. Tout ce qui l'entourait devenait un univers vivant et sans cloisonnement. Les papillons descendaient du paravent, l'eau coulait dans son lit ; et les dragons traversaient le mur. Il n'y avait rien de ce qu'il peignait qui ne révélât sa nature profonde, ainsi que celle des choses. Ce que sa peinture retenait et ce qu'elle délaissait était aussi naturel et ineffable qu'un bouquet de nuages traversant furtivement le grand Vide ou une oie sauvage se mirant un instant dans lac d'automne.

Yun Shou-p'ing [34]
(dynastie Ts'ing)

▲ Sous un ciel désolé, dans une forêt ancienne, les êtres isolés, depuis leur tréfonds, lancent des cris d'appel. Ces cris,

---

34. Grand peintre traditionaliste et fin poète, Yun Shou-p'ing (1633-1690) aimait à commenter ses propres tableaux ou à décrire les circonstances dans lesquelles certains tableaux ont été faits.

c'est ce que j'appelle le *i* [idée, désir, intention, conscience agissante, juste vision], dont tout le tableau doit être habité.

*

▲ Il importe que le *i* qui habite un tableau tende vers le lointain ; pour cela, il faut que le tableau possède une foncière quiétude. Il importe aussi que la résonance qui émane d'un tableau soit profonde ; pour cela, il faut que les éléments peints possèdent des nuances subtiles. Le moindre cours d'eau a ses méandres ; la moindre pierre a ses replis. Cette qualité de lointain et de profondeur fait que, dans un tableau d'un pied carré seulement, on sent toute la présence de l'infini.

*

▲ L'auteur du *Lun Heng* [35] disait qu'on ne saurait tracer simultanément un carré et un rond, tout comme on ne saurait regarder en même temps à droite et à gauche. Cette affirmation ne s'applique pas à l'art pictural où il faut justement que l'artiste soit capable de tracer un carré en pensant au rond, de peindre la partie gauche [d'un tableau] sans quitter des yeux celle de droite. C'est ainsi que procède d'ailleurs la Création dans son œuvre ; le peintre est invité à faire de même dans son tableau.

*

▲ Un tableau atteint son état suprême lorsque le pinceau-encre n'y laisse plus de trace tangible. C'est ce que d'ordinaire un spectateur ne sait pas apprécier. Tout le monde est sensible à la beauté d'une femme richement parée. Mais

---

35. Wang Ch'ung (Ier siècle), grand philosophe de la dynastie Han.

la vraie beauté ne se laisse appréhender que par des traits ineffables, traits qu'évoque un poisson plongeant dans les profondeurs, un oiseau disparaissant dans les hauteurs, ou une biche en son bond fulgurant...

*

▲ Dans son *Ode au luth*, le poète-musicien Yung-men disait : « On est prié de s'asseoir et d'ouïr ce que murmure mon luth. » Comme je voudrais, moi aussi, qu'un connaisseur sache entendre le chant jailli de mon tableau.

CHAPITRE II
Arbres et Rochers

Kung Hsien [1]
(dynastie Ts'ing)

▲ En peinture, on apprend d'abord à dessiner les rochers et ensuite les arbres. Pour ce qui est des rochers, il faut dessiner non seulement les contours d'ensemble, mais les rides sinueuses qu'ils recèlent. Une fois les rides tracées, on les nuancera au moyen de *ts'un* [traits modelés].

Ces traits modelés, appliqués adéquatement, permettent de distinguer le Yin et le Yang. Ainsi, au sommet d'une montagne où le rocher est exposé au soleil, évitez les traits trop modelés. En revanche, multipliez les traits modelés dans les creux de la montagne où les rochers s'enfouissent dans les herbes ou s'abritent derrière les arbres. Il existe de très nombreux types de traits modelés dont le peintre peut se servir à volonté pour figurer les formes variées et changeantes de rochers : « hache tranchante », « poils de bœuf »,

---

1. Kung Hsien (1599-1689) compte parmi les plus grands peintres du XVIIe siècle. Comme certains de ses contemporains, un Chu Ta, un Shih T'ao, un K'un Ts'an ou un Hung Jen, il fut profondément marqué par les événements tragiques lors de l'effondrement de la dynastie Ming. Usant d'une technique qui exploitait toutes les nuances de l'encre, il créa une peinture pleine d'une sombre grandeur. Ses écrits sur l'art, fruit de longues années d'enseignement, étaient très appréciés pour leur valeur didactique.

« chanvre démêlé », « corde dénouée », « fil de fer », « nuage enroulé », « gueule du diable », « tête de mort », « poire piquée », « écorce de haricot », etc.

La partie exposée d'un rocher se compose encore d'une face et d'un dos. Face et dos doivent se répondre, comme reliés par un même sentiment. Incrusté dans la montagne, le rocher peut apparaître comme une bouche ouverte ou fermée. On pourrait dire que la montagne, en tant que corps vivant, trouve dans les rochers ses cinq organes sensoriels[2].

Le rocher lui-même possède visage, épaules, ventre, pieds. Ainsi qu'un être doué de volonté, il s'incline ou se redresse, s'assoit ou se couche. N'est-il pas en fait aussi vivant qu'un arbre ?

*

▲ Pour peindre un arbre à la présence imposante, on use de la méthode dite « sept couches d'encre ». Généralement, on procède ainsi : tout d'abord, on trace des points ; ensuite, on trace des lignes. Pour la troisième couche, on applique les traits modelés. Puis on attend que l'encre sèche. On ajoute alors des points plus foncés, puis des points plus clairs. Enfin, on passe au lavis pour relier le tout.

*

▲ Si l'on dessine deux arbres côte à côte, que les branches entretiennent entre elles des rapports vivants et ne se ressemblent pas. Il en va de même pour un groupe de cinq ou six arbres. Il y a diverses manières de figurer les rapports entre les branches : elles « se combinent en horizontales et en verticales », « s'évitent les unes les autres », « se substituent les unes aux autres », « se transforment les unes à partir des autres », « s'épaulent », « se heurtent », « s'ajustent », etc.

---

2. A savoir : yeux, oreilles, nez, bouche et cœur.

▲ Au milieu d'un ensemble de grands arbres aux attitudes harmonieuses ou contrastées, il est bon d'insérer quelques arbustes plantés droit ; comme de nombreux disciples entourant Confucius, leur maître : parmi les adultes coiffés du bonnet viril[3], on distingue quelques jeunes garçons à l'air respectueux et craintif.

*

▲ On considère en général qu'il est plus facile de traiter un paysage « vide » qu'un paysage « plein ». Rien n'est moins sûr. Il importe en tout cas de savoir ceci : un paysage « vide » doit être sobre et froid, et un paysage « plein » mobile et délié. « Sobre et froid » ne signifie point « inconsistant ». On peut atteindre cette qualité du « sobre et froid » en représentant mille cimes et dix mille grottes si, du moins, elles sont issues d'une foncière quiétude. Inversement, on peut, par des traits gauches ou grossiers, rendre criard le moindre arbre, la moindre pierre. Ah, la simplicité du pinceau et de l'encre, tout est là !

T'ang I-fen
(dynastie Ts'ing)

▲ Étant un « descendant » de la montagne, le rocher a pour « conjoint » l'arbre. Sans arbre, un rocher est privé d'abri ;

---

3. En Chine, dans la tradition ancienne, un homme porte le bonnet viril à partir de sa majorité, à vingt ans.

sans rocher, un arbre, lui, est privé d'appui. C'est pourquoi ces deux entités solidaires et complémentaires sont le plus souvent représentées ensemble. D'autant qu'elles constituent la base d'un paysage. Qui sait dessiner des arbres isolés et des rochers menus saura peindre une forêt de mille arbres et des rocs superposés d'une hauteur de dix mille mètres. Ainsi, tout peintre digne de ce nom aura souci de montrer l'intime échange entre arbre et rocher dans lequel l'un et l'autre se trouveront à l'aise tout en s'épaulant et se répondant. Plus tard, lorsqu'il abordera le paysage, il sera à même de situer tous les éléments qui le composent dans une relation juste.

Nous venons de mettre l'accent sur le lien qui existe entre rocher et arbre. Il va sans dire que chacune des deux entités a ses exigences propres. Pour peindre des arbres, il convient de ne pas suivre trop aveuglément la méthode traditionnelle dite de « division en quatre [4] ». Car il est des arbres qui poussent tout droit vers le haut, d'un seul tenant ; il en est d'autres qui se ramifient dès les racines. D'une variété extrême aussi sont les branches et les feuilles. Chaque artiste doit mettre en valeur ce qui correspond le plus à sa sensibilité sans chercher à exceller dans tous les types d'arbres. Ceux qui aiment dessiner le feuillage affectionneront les saisons de printemps et d'été. Ceux qui aiment dessiner les branches préféreront, eux, les saisons d'automne et d'hiver. Parmi les grands maîtres du passé, un Huang Kung-wang se plaisait à peindre des arbres au printemps, un Ni Tsan des arbres en automne, un Liu Sung-nien des arbres en hiver, et un Mi Fu des arbres en été. A leur exemple, il serait bon qu'un peintre commence par se concentrer sur les techniques qu'il maîtrise le mieux. Il lui sera loisible ensuite d'en assimiler d'autres.

---

4. La tradition picturale chinoise veut qu'un arbre représenté donne l'impression de pousser dans les quatre directions. D'où la méthode qui recommande de diviser une tige principale en quatre branches, une branche en quatre rameaux, etc.

Arbres et Rochers

Quant aux rochers, il faut, tout comme pour les arbres, en saisir les lois internes. Si tous connaissent la règle générale qui consiste à mêler adéquatement des rochers de dimension différente et à observer les rapports de contraste et de complémentarité entre le Yin (creux, ombre) et le Yang (relief, lumière), peu savent qu'en principe le Yin doit se produire à partir du Yang et que c'est également à partir des grands rochers que doivent se dégager les petits. Car accumuler de petits rochers pour en faire de grands risque de donner une impression de fragmentation ; de même, tenter de montrer le Yang sur un fond de Yin trop affirmé aura pour résultat le flou et l'obscur. Toutefois, un artiste expérimenté sait que le vrai Yin recèle du Yang, et qu'un petit rocher porte en germe un grand. Il lui sera alors possible de préserver le Yang au sein même du Yin, et de développer un grand rocher sur la base d'un petit. Pour dessiner des rochers au pied d'une colline ou près d'une rive, un seul trait inachevé peut suffire. En revanche, au cœur d'une chaîne de montagnes ou d'une forêt profonde, dix mille traits ne sont pas de trop. Ne jamais oublier que, à travers la double structure Yin-Yang et grand-petit, les rochers peuvent prendre des physionomies et des expressions innombrables. Pour les figurer, le peintre use certes des *ts'un* [traits modelés]. Combien supérieur cependant est celui qui sait varier sans cesse ses traits et faire surgir des rochers sans faire appel au moindre *ts'un*.

Shen Tsung-ch'ien [5]
(dynastie Ts'ing)

▲ Pour dessiner un rocher ou le sommet rocheux d'une montagne, tracez d'abord le contour au trait léger. C'est ce qu'on appelle le *kou* [cerner] qui ne donne du rocher qu'une forme générale. Ajoutez ensuite différents traits de pinceau, horizontaux, verticaux ou obliques, sur la surface encore vierge du rocher ; c'est le *p'o* [briser] qui fait surgir du vide des replis et des reliefs grâce à quoi le rocher est doué d'un corps, avec son crâne, son visage, ses reins et ses pieds. A l'abri de la lumière, les parties creuses du rocher sont truffées de sillons sombres, tandis que la partie exposée est naturellement claire. Il convient, au moyen d'un pinceau qui ne soit pas trop mouillé, de tracer des traits modelés à partir du point le plus creux du rocher, traits d'abord appuyés, puis de plus en plus larges et légers. Ces traits portent le nom de *ts'un*, qui fait allusion justement aux rides du rocher. Une fois le *ts'un* appliqué, le rocher possède une physionomie propre. On peut nuancer davantage les traits modelés en les frottant avec un pinceau très sec ou en les « éveillant » graduellement avec un pinceau imbibé à point. Cette technique aura pour résultat de donner au rocher substance et expression. Dans l'ensemble, il faut que les traits tracés obéissent à leur poussée interne sans jamais paraître ni flottants ni figés. Pour ce qui est de l'utilisation de l'encre, respectez la règle du *p'o-mo* [encre brisée] qui consiste à appliquer d'abord de l'encre claire avant de la « violer » avec de l'encre foncée.

---

5. Sur l'auteur, voir, *supra*, p. 46, n. 26.

Chin Shao-ch'eng
(dynastie Ts'ing)

▲ Dans la tradition du Sud, un rocher doit être montré en ses trois faces, à savoir le devant et les deux côtés. Mais, dans la tradition du Nord, il y a bien plus de raffinements dans la représentation d'un rocher. Celui-ci peut posséder jusqu'à une dizaine de côtés tant sont multiples et variées ses manières de se pencher ou de se tourner sous différents angles.

Ch'ien Tu
(dynastie Ts'ing)

▲ Les pierres dressées dans un jardin [6] doivent être vivantes et maigres. Dessinez les parties creuses au moyen de traits modelés et les parties saillantes au moyen de *jan* [colorer graduellement à l'encre diluée]. Alterner judicieusement l'encre noire, le vert et l'ocre pour en varier les plans.

---

6. Les pierres (ou les rochers) occupent une place importante dans le jardin chinois. Outre le contraste de forme qu'elles entretiennent avec le monde végétal, elles incarnent une sorte de microcosme, où se résument montagnes et vallées, sources et grottes, etc. A travers elles, le Chinois communie avec le monde originel.

Wang Chih-yuan
(dynastie Ts'ing)

▲ Un rocher, certes, est une entité stable. Pourtant il faut le représenter comme une présence aussi mobile que le souffle, aussi fluide que l'eau. Cela ne s'explique pas aisément par des mots ; au peintre de le sentir. Les Anciens donnaient au rocher le nom de « racines des nuages » ; ils disaient aussi que les rochers, à l'aspect tourmenté ou joyeux, fantastique ou paisible, semblent changer de physionomie à chaque instant. On voit par là que l'esprit du rocher est tout de mobilité et de fluidité.

*

▲ Pour dessiner le feuillage d'un bambou, la méthode traditionnelle consiste à commencer par un groupe de quatre feuilles qui constitue l'unité de base. Ces quatre feuilles, toutefois, ne sauraient être tracées à la légère. Pareilles aux quatre parties d'une composition littéraire – *ch'i* [exorde], *ch'eng* [développement], *chuan* [tournant] et *ho* [conclusion] –, elles doivent, par la manière dont elles sont réparties, dont elles se succèdent et se répondent, former un tout vivant, comme reliées par un seul sentiment. Il en va d'ailleurs de même pour tout le bambou. Qu'il s'agisse de la tige principale, des ramures ou des feuilles, il faut qu'il y ait une justesse infaillible pour ce qui touche le rapport entre la cime et la base, l'endroit et l'envers, le touffu et le clairsemé, etc. Cette relation juste permet seule d'exprimer la nature propre d'un bambou, sa présence noble et dépouillée, son allure fière et libre, tout élancée vers les nuages.

Arbres et Rochers

Ching Hao [7]
(Cinq-Dynasties)

▲ Puisque vous aimez à peindre des nuages et des forêts, des montagnes et des eaux, vous devez apprendre à saisir les choses en leur origine. La croissance de chaque arbre obéit à une nature profonde qui lui est propre. Lorsqu'un pin croît, il suit une certaine courbe sans jamais paraître se déformer. Son feuillage peut être abondant ou clairsemé, sa couleur peut hésiter entre vert et émeraude, son désir constant, dès l'époque où il n'était encore que jeune pousse, est de s'élever toujours davantage. Sa poussée interne le porte vers les hauteurs, tandis que ses branches basses se tiennent étendues. Que celles-ci se renversent, elles demeurent suspendues et ne tombent pas à terre ; elles se disposent, au milieu de la forêt, en rangées horizontales et en couches multiples. En cet arbre s'incarne la vertu des sages. Certains peintres aiment à représenter des pins avec des branches et des feuilles poussant en un désordre sauvage, leur donnant ainsi l'aspect d'un dragon virevoltant dans l'air : mais cela n'est pas conforme à l'esprit du pin. Le thuya, lui, croît de façon mouvementée et sinueuse. Son tronc, marqué par de nombreux nœuds, est clairement sectionné. Sa croissance lente le pousse à se tourner sans cesse vers le soleil. Ses feuilles rappellent des fils noués, et ses branches semblent s'habiller de chanvre. Certains peintres, figurant le thuya, dessinent ses feuilles comme de petits serpents et ses branches comme de la soie ; par ailleurs, ils donnent à l'arbre un air mal à l'aise et contrarié. Cela n'est pas conforme à l'esprit du thuya. Quant aux autres arbres, catalpa, paulonia, ailante, chêne, orme, saule, mûrier ou sophora, chaque espèce diffère des autres par la forme et la substance. Il en est de ces espèces variées comme des

---

7. Sur l'auteur, voir, *supra*, p. 31, n. 14.

pensées humaines qui, bien qu'éloignées les unes des autres, parviennent à se rejoindre tout en demeurant chacune autonome et distincte.

Shih T'ao [8]
(dynastie Ming)

▲ Les Anciens avaient l'habitude de représenter les arbres par groupes de trois, cinq, ou de neuf, dix. Ils les dépeignaient sous leurs multiples aspects, chacun selon son allure propre ; ils mêlaient leurs silhouettes de hauteur inégale en un ensemble vivant et harmonieux.

J'aime peindre les pins, les cèdres, les vieux acacias et les vieux genévriers. Je les groupe le plus souvent par trois ou cinq. Tel des héros exécutant une danse guerrière, ils ont des attitudes et des gestes d'une grande variété : les uns baissant la tête, les autres la relevant ; certains se ramassent sur eux-mêmes, d'autres s'élancent, droits et ouverts.

Ferme ou souple, le travail du poignet et du pinceau suit la même méthode que pour peindre les rochers. Que l'on tienne le pinceau à quatre, cinq ou seulement trois doigts, ceux-ci doivent obéir au mouvement du poignet, lequel s'avance ou se retire au gré de l'avant-bras ; l'important est que l'ensemble soit d'un seul élan. Là où l'on donne des coups de pinceau très appuyés, il faut au contraire maintenir la main bien au-dessus du papier, afin d'éliminer toute brutalité. Ainsi, dans les parties denses comme dans les parties fluides, le tableau sera également animé et éthéré, habité d'une authentique vacuité.

---

8. Sur l'auteur, voir, *supra*, p. 35, n. 18.

Arbres et Rochers

*

▲ Les peintres d'autrefois, lorsqu'ils dessinaient les feuilles d'arbres et ajoutaient des points pour les « émailler », distinguaient l'encre foncée et l'encre concentrée. Ils proposaient, comme modèles, les formes d'idéogrammes tels que : ─→ 分, 个, ─, 品, 么 ; ils différenciaient les feuilles de platane, de pin, de mélèze, de saule ; ou encore les feuilles tombantes, les feuilles obliques, les feuilles groupées, etc. Tout cela afin de varier les tonalités et renforcer l'aspect frémissant des forêts et des montagnes. Moi, je m'y prends un peu autrement. Pour rompre la monotonie des points, je distingue, selon les saisons, la pluie, la neige, le vent et le soleil. Et selon les circonstances, l'envers, l'endroit, le Yin, le Yang. Car les points sont vivants et d'une infinie variété ! Il y a ceux qui sont gorgés d'eau ou gonflés d'air ; ceux qui sont clos comme des bourgeons ou ramifiés, comme tissés de fils fins ; ceux qui sont vastes et vides, ou insipides et secs ; ceux qui hésitent entre encre et non-encre, « blancs-volants » comme une fumée ; ceux qui ont l'apparence lisse ou de laque brûlée... Il reste encore deux points non révélés : le point sans terre ni ciel et qui tombe, fulgurant, en un éclair ; le point lumineux qui rôde, chargé d'un invisible mystère, au sein de mille rochers et de dix mille grottes. La vraie règle n'a point d'orient fixe ; les points se forment au gré du souffle [9] !

---

9. Ce texte est une inscription faite par le peintre dans un tableau.

Tung Ch'i-ch'ang [10]
(dynastie Ming)

▲ Un rocher doit posséder son ossature. Il doit aussi respirer comme un être vivant chez qui l'air circule. Jadis, le peintre Chao Wen-min [11] dessinait les rochers aux traits « blancs-volants » [12] ; il a également peint des rochers de type « nuage enroulé » et de type « dents de cheval ». Je pense que ces trois types résument les formes de base des rochers. Le peintre Sun Han-yang, s'inspirant des rochers peints par Chao Wen-min, a réalisé le présent album. Si le vénérable Mi voyait ces rochers, il ne manquerait pas de se prosterner devant [13] !

*

▲ Pour dessiner un arbre, le peintre doit éviter les traits droits et user des traits « sinuants » ou « bifurquants ». Dès le commencement d'un tracé, qu'il songe à épouser les sinuosités secrètes du tronc et des branches. Comme en calligraphie, c'est dans les courbes et les angles d'un caractère que le calli-

---

10. Haut fonctionnaire et artiste éminent, Tung Ch'i-ch'ang (1555-1636) exerça une influence prédominante sur ses contemporains. Sa théorie de la peinture, où primait son souci souvent subjectif d'établir une filiation avec certains maîtres du passé au détriment d'autres, contribua à entraîner l'art de son temps vers un académisme stérile. Certains de ses propos d'ordre plus pratique, disséminés dans plusieurs recueils et recueillis dans des anthologies, méritent cependant d'être connus.

11. Autre nom de Chao Meng-fu (1254-1322), grand peintre de la dynastie Yuan.

12. *Fei-pai* [blanc-volant], trait tracé rapidement avec un gros pinceau ayant les poils écartés, lacérés en son milieu.

13. Mi Fu (1051-1107), lorsqu'il était à Wu-wei, vit un jour un rocher géant d'une extravagante laideur. Ravi, il se vêtit de son costume de cérémonie et se prosterna devant le rocher en l'appelant : cher frère aîné !

graphe montre toute la subtilité de son art. Veiller cependant qu'aucun trait ne parte à la dérive. Un vieil adage disait que « toute branche dessinée doit pouvoir être fendue en quatre ». Cela signifie que toute branche, et à plus forte raison l'arbre entier, doit donner l'impression de pousser dans les quatre directions. Répétons-le : à mesure que vous tracez des traits, ayez souci d'opérer des « tournants », en sorte que, dans un tableau, il n'y ait pas un pouce de trait qui soit tout à fait droit pour un arbre de la hauteur d'un pied !

Tsou I-kuei [14]
(dynastie Ts'ing)

▲ Le dessin des arbres et des rochers ne saurait se passer de *ts'un* [traits modelés]. Lorsque, au gré d'un pinceau tantôt sec, tantôt mouillé, vous dessinez un tronc d'arbre, veillez à tout instant à ce que ce tronc garde son relief et sa rondeur. A l'endroit d'un nœud, faites un trait en crochet contenant du blanc. Sachez toutefois que les nœuds d'un tronc d'arbre, gros ou petits, longs ou ronds, ont des formes très variées qu'il faut s'efforcer de bien rendre. Sachez aussi que les écorces varient selon les arbres : celles d'un pin ont des écailles ; celles d'un thuya sont enveloppantes. Quant aux branches, celles d'un sterculier doivent être dessinées avec des traits horizontaux, celles d'un saule avec des traits obliques. Là où il y a des rameaux fins, n'utilisez pas de traits *shuang-kou* [à

---

14. Tsou I-kuei (1696-1772), peintre et poète, connut une certaine célébrité à son époque. Son traité *Hsiao-shan hua-p'u* [« Traité de peinture de Hsiao-shan »] est consacré, dans sa première partie, à la peinture de fleurs, genre dont il est spécialiste.

double crochet] ; où se trouvent des racines noueuses et des jointures, des traits plus « boursouflés » sont tolérés.

*

▲ Pour dessiner des pierres dressées au milieu des fleurs, veillez à ce qu'elles gardent leur aspect entier et vivant. Évitez la fragmentation, l'empilement artificiel. Une pierre haute d'un pied doit apparaître comme ayant une hauteur de mille mètres ; avec ses plis et ses replis, elle semble receler dix mille grottes. Une pierre dure a ses trois faces. Un rocher provenant d'une région de lacs est plein d'anfractuosités ; dans tel creux poussent des amadouviers, dans tel trou apparaît une mousse naissante. Chaque pierre doit être montrée de face et de dos ; son ventre et ses flancs doivent être visibles à la fois. Par le contraste du noir et du blanc, on en révèle la double nature Yin-Yang ; par le jeu du plein et du vide, on en fait ressortir la substance charnelle.

Celui qui a maîtrisé les arbres et les rochers est à même d'aborder le paysage.

Fang Hsün
(dynastie Ts'ing)

▲ En dessinant des arbres, il faut savoir créer des contrastes entre la partie dense et la partie clairsemée, cela aussi bien à l'intérieur d'un arbre qu'entre les arbres. Les arbres représentés trop « pleinement » peuvent être beaux ; mais ils ne laissent voir que leur devant. Ceux qui sont régis par un jeu équilibré du plein et du vide donnent l'impression d'être vus de tous côtés.

Arbres et Rochers

*

▲ Le dessin d'un saule ne souffre aucune faille. Il exige de la part du peintre une grande maîtrise, laquelle implique de longs exercices. Les traits qu'il trace, souples ou vigoureux, doivent être tout à fait naturels. On connaît d'ordinaire la difficulté de peindre les longues tiges du saule. En réalité, toute la « poussée interne » d'un saule réside dans le tronc et les branches principales. Il faut donc arriver, en évitant rigidité et monotonie, à faire sentir que les branches jaillissent réellement de l'intérieur du tronc et les tiges de l'intérieur des branches.

Ch'in Tsu-yung
(dynastie Ts'ing)

▲ Qui apprend à dessiner des arbres doit commencer par un arbre dénudé. Qu'il ait souci, dès le début, de tracer des traits de pinceau « ouverts », pour que ceux-ci donnent l'impression de pouvoir pousser dans toutes les directions : c'est alors seulement que les branches dessinées acquièrent une présence à multiples dimensions.

*

▲ Pour représenter un groupe d'arbres, veillez à ce qu'il y ait entre les arbres non seulement équilibre, mais aussi contraste ; sinon on tombe dans la platitude et l'uniformité. Groupés par trois, cinq, ou plus, les arbres peuvent avoir des attitudes différentes : les uns s'élevant vers le haut, les autres se penchant vers le bas ; les uns plus lointains, les autres plus proches, etc. C'est cette différence sans cesse renouvelée qui donne tout leur charme aux arbres.

Il en va de même pour le dessin des feuilles. Sachez varier les traits : traits foncés ou clairs, touffus ou épars, verticaux ou horizontaux. Parmi ces derniers, il y a les traits en forme d'idéogramme 个 pour dessiner les feuilles tombantes et les traits pointus pour dessiner les aiguilles de pin. Il existe aussi des traits qui ne sont ni verticaux ni horizontaux et servent à dessiner des feuilles plus arrondies, traits en forme de pétales de prunus ou en forme de pattes de rat.

*

▲ Tung Ch'i-ch'ang [15] disait qu'il faut dessiner l'arbre de manière qu'il donne l'impression de tourner sur soi. Pour cela, il importe d'éviter des branches trop ramifiées. L'extrémité d'une branche doit se resserrer et non se relâcher ; en revanche, l'extrémité de l'arbre entier, sa cime, doit se dégager en une continuelle expansion.

*

▲ Tung Ch'i-ch'ang disait encore que, tout comme pour le rocher, il faut avoir souci de créer du relief lorsqu'on dessine un arbre. Il faut user des traits différenciés pour dessiner le côté droit et le côté gauche d'un arbre. A un coup de pinceau à gauche qui creuse ou divise doit répondre un coup de pinceau à droite qui comble ou unit. Le tronc ainsi dessiné offre l'aspect d'être légèrement creux d'un côté et bombé de l'autre. C'est ainsi qu'il acquiert élan et tension.

---

15. Sur Tung Ch'i-ch'ang, voir, *supra*, p. 80, n. 10.

Su Tung-po [16]
(dynastie Sung)

▲ A sa naissance, lorsque le bambou n'est qu'une pousse haute d'un pouce, celle-ci possède déjà tout ce qui caractérise un bambou, à savoir des joints et des feuilles. A mesure que le bambou grandit, se défaisant peu à peu de ses écorces (à l'image d'une cigale se dégageant de sa chrysalide, ou d'un serpent se dépouillant de ses écailles), jusqu'à atteindre une hauteur de quatre-vingts pieds, il ne fait que développer ce qu'il a de virtuel en lui. Or les peintres d'aujourd'hui, pour dessiner un bambou, procèdent par addition ; ils dessinent joint après joint et ajoutent une feuille à une autre. Cela est contraire à la loi vitale du bambou.

Avant de peindre un bambou, que celui-ci pousse déjà en votre for intérieur. C'est alors que, le pinceau en main, le regard concentré, vous apercevez la vision entière et exacte surgir devant vous. Cette vision, saisissez-la sans tarder par les traits de pinceau, aussi promptement qu'un faucon chasseur qui fond sur un lièvre prêt à bondir ! Un instant d'hésitation et la vision s'évanouit.

Tout cela m'a été enseigné par Yü-k'o [17]. Toutefois, j'ai beau en connaître le principe, je n'obtiens pas le résultat voulu dans mes exécutions. C'est que, par manque de pratique, l'intérieur et l'extérieur ne s'accordent pas ; le cœur et la main ne sont point à l'unisson. Pour réussir un seul trait, que d'exercices exigés !

*

16. Sur l'auteur, voir, *supra*, p. 34, n. 17.
17. Autre prénom du grand peintre de bambous Wen T'ung (XIe siècle), à qui ce texte est dédié.

▲ Poème inscrit dans un tableau de bambou de Yü-k'o :

> Lorsque Yü-k'o peignait un bambou,
> Il voyait le bambou et ne se voyait plus.
> C'est peu dire qu'il ne se voyait plus ;
> Comme possédé, il délaissait son propre corps.
> Celui-ci se transformait, devenait bambou,
> Faisant jaillir sans fin de nouvelles fraîcheurs.
> Chuang-tzu [18], hélas, n'est plus de ce monde !
> Qui conçoit encore un tel esprit concentré ?

Li Jih-hua [19]
(dynastie Ming)

▲ Le moine Chüeh-yin, des Yuan, disait : « J'ai l'habitude de dessiner les orchidées avec l'esprit de joie et les bambous avec l'esprit de colère. » En effet, les orchidées, avec leurs longues feuilles gracieuses et élancées, leurs fleurs tendrement écloses, sont bien habitées de joie ; alors que les bambous, aux tiges pointues et enchevêtrées, pareilles à des épées et des lances entremêlées, sont l'expression même de la fureur.

---

18. Le grand philosophe (IVe siècle avant J.-C.) prônait l'idée de *wu-hua* : la communion totale avec les êtres et les choses et la possibilité de se fondre en eux.
19. Sur l'auteur, voir, *supra*, p. 38, n. 21.

Arbres et Rochers   87

Cheng Hsieh [20]
(dynastie Ts'ing)

▲ Tout ce tableau est peuplé de feuilles d'orchidées représentant autant d'hommes de bien. J'y ajoute pourtant quelques buissons épineux, hommes de peu. Pourquoi ? Les hommes de bien ne seraient point tels sans les hommes de peu ; ceux-ci les obligent à toujours se dépasser. Ainsi, entourées de buissons épineux, les orchidées n'en paraissent que plus pures, plus riches !

*

▲ Une chaumière basse, une cour modeste dans laquelle poussent de fins bambous, à côté de quelques pierres dressées. Cela exige peu de terrain, donc peu de dépenses. Pourtant, on savoure le bruissement harmonieux [des bambous] dans le vent et la pluie, leurs ombres gracieuses sous le soleil ou la lune. On n'est jamais seul aux heures de loisir comme aux heures d'ennui ; on est toujours inspiré en buvant du vin ou en composant de la poésie. J'aime les bambous et les rochers ; ceux-ci, à leur tour, savent m'aimer. Comment ne pas plaindre alors ceux qui dépensent des milliers d'onces d'or pour faire construire des jardins grandioses ? Ils n'ont guère la possibilité d'en jouir ; car, occupant en général de hautes fonctions, ils se trouvent toujours ailleurs, aux quatre coins du monde. Quant à nous autres, nous rêvons bien de courir le monde, de visiter les sites célèbres, sans jamais pouvoir le réaliser. Il nous reste cette chaumière et cette cour,

20. Homme à l'esprit fier et libre, excellent aussi bien dans la calligraphie et la peinture que dans la poésie, Cheng Hsieh (1693-1765) est la figure la plus marquante du groupe d'artistes appelé les « Excentriques de Yang-chou ».

toutes chargées d'une saveur durable et sans cesse renouvelée. Et, recréant par la peinture les scènes vécues, nous sommes à même d'en pénétrer les recoins les plus secrets, tout en communiant avec l'espace infini de l'univers extérieur.

*

▲ Automne. Pavillon sur l'eau. Je me suis levé tôt pour contempler les bambous. A travers branches éparses et feuilles serrées scintillent, intimement mêlées, ombre du soleil et lumière des brumes. Je sens monter en moi le désir irrépressible de peindre. Mais je ne tarde pas à comprendre que les bambous jaillis de mon cœur ne sont pas ceux que j'ai devant les yeux. Une fois l'encre prête et le papier déployé, je me mets à dessiner : mais, cette fois, je constate que les bambous surgis de ma main ne sont pas non plus ceux qui ont jailli dans mon cœur. Ah, que l'esprit doive précéder le Pinceau, c'est la règle ; que l'accomplissement doive dépasser la règle, voilà le mystère de toute vraie création !

*

▲ Le tableau se trouve certes à l'intérieur du cadre du papier, mais en même temps, il le déborde infiniment. Ainsi, dans ce tableau de bambous où sont montrées surtout les tiges et à peine les feuilles, comme on devine pourtant, au-delà du papier, la présence plus durable de ces feuilles [invisibles] frémissantes de vent et de pluie, ou lourdes de brume et de rosée !

Tai Hsi
(dynastie Ts'ing)

▲ Il est plus facile de peindre une scène composée de très nombreux bambous poussant côte à côte ou enchevêtrés que celle où ne figurent que quelques bambous clairsemés. Le peintre Pan-ch'iao [21] excelle dans les deux ; car il s'était avant tout exercé à peindre des bambous clairsemés.

*

▲ Les Anciens disaient qu'il faut dessiner les orchidées avec l'esprit de joie et les bambous avec l'esprit de colère. Moi, faisant l'inverse, je peins ces bambous avec l'esprit de joie ; cela en révèle un aspect autre, insoupçonné [22].

*

▲ Le bambou n'est ni un arbre ni une herbe. Il ne donne ni fleur ni fruit. Il recèle en lui le pur souffle qui anime le Ciel et la Terre, qui incarne à la fois les vertus de droiture et d'humilité. Il détient la clé d'un mystère qui n'est qu'à lui [23].

---

21. Nom d'artiste de Cheng Hsieh. Voir, *supra*, p. 87, n. 20.
22. Voir, *supra*, le texte de Li Jih-hua.
23. Par les multiples vertus qu'il incarne, le bambou est une figure hautement symbolique dans l'imaginaire chinois. Il incarne la droiture et la grâce, car sa tige pousse droit et se termine en finesse. Il incarne l'humilité, car le cœur de sa tige est creux ou vide (en chinois, *hsü-hsin* [humilité] signifie « vide du cœur »). Il incarne l'esprit de jeunesse dans la mesure où il demeure vert, même en plein hiver. Il incarne enfin le dépouillement et la pureté, n'ayant pour tout ornement que ses feuilles à l'aspect simple et net.

Chin Nung [24]
(dynastie Ts'ing)

▲ Par son vide intérieur, le bambou incarne l'humilité ; par son port droit et élancé, il incarne l'élévation d'esprit. Demeurant toujours vert, il conserve durablement ses vertus. Comme il est digne d'être aimé ! Pourtant, on ne se prive pas de le faucher en pleine croissance, de le transformer en manche à balai, ou, plus simplement, de le brûler pour chauffer du thé. Si je dessine ces quelques tiges, c'est afin d'en préserver la vraie vie. Même si, dans cent ans, il y a détérioration du papier et de l'encre, ces tiges dessinées échapperont au sort d'être transformées en bûches ou en manches à balai !

*

▲ L'ermite du mont des Neuf Dragons, grand peintre de bambou de la dynastie Ming, avait l'habitude de se promener en barque sur la rivière longeant la montagne. Une nuit de lune, il fut à ce point touché par des sons de flûte provenant d'un autre bateau qu'il peignit sur-le-champ un tableau de bambou et l'offrit au propriétaire du bateau. C'était un marchand qui, le lendemain, vint au-devant de l'ermite, une précieuse étoffe rouge à la main, lui demandant de dessiner un autre bambou pour faire pendant au précédent. L'ermite réclama le premier tableau, et le déchira sans autre commentaire. Au quatrième mois de cette année, la nuit de la pleine lune, je passais en barque au pied du mont des Neuf Dragons.

---

24. Un des Excentriques de Yang-chou, Chin Nung (1687-1763) créa un style très personnel en combinant calligraphie et peinture. Ses textes, qu'il composa pour accompagner ses tableaux, malgré leur ton désinvolte, étaient toujours habités d'une pensée grave et profonde.

Arbres et Rochers

Pensant à la figure de l'ermite, je dessinai ce bambou sur rouleau vertical. N'est-il pas vrai qu'on peut partout voir la lune, entendre des sons de flûte, ou rencontrer des marchands munis de précieuses étoffes rouges ? Unique, en revanche, est la figure de l'ermite, qui ne se retrouve plus en ce bas monde.

*

▲ Les joncs se répandent sur la surface de la rivière. Les canetons piquent l'eau du bec. En ce début d'été, les jeunes bambous croissent ; leur teinte fraîche se montre sous de fines poudres, comme pour esquisser un sourire. Sur ma table est déployé le papier vierge, aussi blanc et lisse que la peau d'une jeune fille. Je profite de cette heure matinale pour dessiner ce bambou. Qui donc est disposé à en goûter la secrète saveur ? Tout à l'heure, lorsque le thé sera infusé à point, dégageant son doux parfum, je serai seul, là, à le contempler en buvant.

*

▲ Parmi les sons que produisent les éléments de la nature en automne, ceux du bambou sont les plus captivants. Le bruissement des feuilles qui tombent est triste ; celui de la pluie est amer ; les cris des oiseaux sauvages sont par trop désordonnés et les échos de l'eau qui coule par trop dispersés. Cette année, j'ai fait un séjour à Kuang-ling. La maison était entourée de bambous. Je me laissais bercer sans m'en lasser par leurs murmures frémissants et continus. Nullement tristes ni amers, désordonnés ni dispersés, ils évoquaient les psalmodies ténues, dans une montagne vide, d'un ermite n'ayant plus rien à manger. C'est en souvenir de ces murmures que, ce matin, toilette faite, j'ai peint ces bambous. D'entre les branches et les feuilles jaillit un chant. Que ceux qui savent écouter l'entendent !

*

▲ Dans l'immensité de cet univers, quel chemin suivre lorsqu'on est sorti de chez soi ? Il y a certes cette grue dont on peut suivre des yeux le vol solitaire à travers l'espace ; il y a cette liane dont on peut épouser par la main la ligne sinueuse le long d'un arbre. On pourrait aussi s'abandonner en pensée à cette barque qui glisse sur l'eau ou à ce nuage qui flotte dans le ciel. Tout, en réalité, est irrémédiablement seul dans ce bas monde, à l'image de ce platane qui s'élève sans compagnon sur une centaine de pieds, ou de cette montagne qui en impose par sa présence majestueuse mais unique. L'homme n'y fait point exception. Dans le présent tableau, je me suis représenté en tant qu'ermite du Logis aux Prunus Flétris. Je me demande où trouver un être isolé comme moi et à qui je peux dédier ce tableau. Je crains que ce ne soit pas chose facile. Il me faudra chercher du côté des aveugles, des muets, des sourds, des galeux, des lépreux, des fous, des estropiés, des rachitiques, des épileptiques, des chauves, des balafrés, des tordus, des recroquevillés… Il doit exister chez eux quelques âmes esseulées qui ont lancé un jour des appels sans rencontrer jusqu'ici d'échos !

CHAPITRE III
Fleurs et Oiseaux

Hsüan-ho Hua-p'u [1]

▲ Entre Ciel et Terre se combinent les Cinq Éléments [Eau, Feu, Bois, Métal et Terre] pour former toutes choses. Le Yin et le Yang (les deux souffles vitaux), à leur tour, les animent par leur interaction. Lorsque le Yin et le Yang expirent, toutes choses s'épanouissent ; lorsqu'ils inspirent, toutes choses se ramassent sur elles-mêmes. Et c'est bien dans les innombrables arbres et fleurs que ces souffles s'incarnent de la façon la plus éclatante. Du tréfonds de ces arbres et fleurs jaillissent formes et couleurs, sans même que le Créateur ait à y intervenir. De plus, ils embellissent de leur magnificence tout l'univers créé ; ils inspirent à l'esprit humain rectitude et harmonie.

Pour ce qui est des oiseaux, les Anciens parlaient de trois cent soixante espèces. Leurs chants sont d'une grande variété. Variées aussi les couleurs de leur plumage, les manières dont ils se tiennent, se meuvent. Les oiseaux sauvages vivent loin des humains, les uns dans des nids construits au milieu des broussailles, les autres sur les sables des berges, virevoltant

---

1. « Traité de peinture de l'ère Hsüan-ho », rédigé sur ordre de l'empereur Hui-tsung (règne 1100-1125), des Sung. Le présent texte est l'introduction de la rubrique consacrée aux « Fleurs et Oiseaux ».

au-dessus des eaux ou survolant les abîmes. D'autres, plus apprivoisés, hirondelles, moineaux, volatiles de tous genres, nichent à l'abri des toits des habitations. Ils épousent le mouvement des saisons et des jours, gazouillent les matins de printemps, crient les soirs d'automne. Ces oiseaux, qu'on ne saurait dénombrer, sont apparemment sans lien avec le monde des hommes. Pourtant, dans l'Antiquité, les rois empruntaient les noms des oiseaux fabuleux pour leurs titres de noblesse ; les Sages exaltaient les qualités des oiseaux sacrés pour figurer les vertus. On ornait sa coiffe des plumes multicolores du paon ; on décorait ses habits ou ses carrosses d'images de faisans argus. Et les poètes eux-mêmes, dans leurs procédés de *pi* [comparaison] et de *hsing* [incitation], ne manquaient pas de faire appel aux plantes et aux oiseaux. C'est ainsi que le *Livre des Odes*[2] contient un nombre important de noms précieux et que les Calendriers indiquent expressément les moments où les fleurs éclosent et se fanent, où les oiseaux chantent et se taisent.

Rien d'étonnant alors que les peintres s'ingénient à représenter ces entités vivantes, en résonance avec la poésie. Ils tentent de fixer l'apparence somptueuse des pivoines, des mauves, des faisans et des paons, de montrer l'âme discrète des pins, des bambous, des prunus, des chrysanthèmes, des mouettes et des oies sauvages. Quant à l'attitude noble d'une grue, l'air féroce d'un aigle, l'allure libre d'un saule ou d'un sterculier, la silhouette dépouillée d'un pin ou d'un thuya, la peinture se charge de les figurer, les animant avec l'esprit même de la Création, les offrant, tel un vrai paysage, à la contemplation des hommes.

---

2. Premier recueil poétique de la littérature chinoise, datant du premier millénaire avant notre ère.

Wang Kai [3]
(dynastie Ts'ing)

▲ Il est dit dans le Hsüan-ho hua-p'u [4] que les fleurs et les plantes sont formées de la quintessence des Cinq Éléments et animées par le souffle du Ciel et de la Terre. Elles vivent selon le rythme du Yin et du Yang. Lorsque le Yin et le Yang expirent, elles s'épanouissent ; lorsqu'ils inspirent, elles se rétractent. Et les beautés si variées qu'elles incarnent ne sauraient être exprimées entièrement par des mots. A travers leurs formes et leurs couleurs, ne peut-on déceler les intentions cachées de la Création ? Toujours est-il que, apportant beauté et harmonie, elles participent à l'immense action civilisatrice du monde. Les poètes trouvent en elles leurs métaphores favorites ; les peintres exaltent leur présence charnelle qui n'est autre qu'un reflet fidèle de leur qualité intérieure. Si la moindre ramure, le moindre bourgeon ont leur grâce particulière, certaines fleurs, toutefois, se distinguent de façon plus éclatante : la pivoine par sa magnificence, la fleur de pommier par son charme, la fleur de prunus par sa pureté, la fleur d'amandier par sa luxuriance, la fleur de prunier à la couleur discrète contrastant avec la fleur de pêcher à la couleur chatoyante, le camélia au visage lumineux et le laurier au parfum ineffable. Quant aux arbres, le thuya ou sterculier à l'âme élevée, le pin ou le cèdre au maintien altier, [ils] inspirent de tout temps les hommes, les mettant en communion avec l'esprit de la Création.

---

3. Auteur principal du célèbre *Chieh-tzu-yuan hua-p'u* [« Traité de peinture du jardin grand comme une graine de moutarde »], publié entre 1679 et 1701 et maintes fois traduit en Occident (notamment *Encyclopédie de la peinture chinoise*, en 1918, par R. Petrucci, et *The Tao of Painting*, en 1956, par Mai-mai Sze).
4. Voir le texte précédent.

*

▲ Si l'on sait à peu près comment un oiseau vole, chante, picore ou boit, on connaît moins bien sa façon de dormir. Lorsqu'un oiseau demeure en repos sur une branche, il a généralement les yeux clos. A ce propos, un détail particulier à signaler : c'est la partie inférieure de ses yeux qui se ferme sur la partie supérieure ; en cela, l'oiseau diffère des autres animaux. Par ailleurs, il s'enfouit le bec sous les ailes et les pattes dans les plumes du ventre. Il en va de même pour les volailles. C'est ainsi que, lorsqu'une poule dort, elle se tient sur une patte, tandis que l'autre patte se replie vers le ventre. Lorsqu'un canard se repose, il se cache le bec sous les ailes.

<u>Sung Nien</u>
(dynastie Ts'ing)

▲ Bambou, orchidée, prunus et chrysanthème (appelés les « Quatre Amis de l'Homme de bien ») forment une rubrique à part. Leur représentation exige des traits de pinceau qui s'apparentent à ceux de la calligraphie. Ces traits doivent être doués d'une force magique alternant rigueur et grâce. C'est alors seulement que les expressions si variées de ces plantes et fleurs peuvent être révélées : beauté luxuriante ou délicate des chrysanthèmes et des prunus, noblesse altière ou dépouillée des bambous et des orchidées.

*

▲ Dans l'art de peindre les fleurs, la primauté est accordée aux notions de contraste et de « poussée interne ». Sans ces

Fleurs et Oiseaux

qualités, un tableau est dépourvu de densité. Pour dessiner des feuilles, il faut s'efforcer d'en faire ressortir les aspects en contraste : dur-mou, épais-mince, envers-endroit, clair-foncé, etc., cela afin de montrer la manière subtile dont elles se penchent les unes vers les autres, ou s'imbriquent les unes dans les autres. Quant aux tiges et branches, que surtout les traits épousent leur « poussée interne » ; quand tiges et branches sont représentées de façon vivante, les feuilles qu'elles portent le seront naturellement. Les feuilles s'organisent autour de la fleur, laquelle est le cœur de tout. Pour dessiner des fleurs, un débutant doit maîtriser d'abord le procédé *kou-le* [avec contour] avant d'aborder le procédé *mu-ku* [sans contour], tout comme, dans l'art du portrait, on apprend d'abord à dessiner le crâne [tête de mort] avant d'en venir à la figure de chair.

Cha Li
(dynastie Ts'ing)

▲ Certains peintres de prunus affectionnent l'encre concentrée, d'autres l'encre diluée. Certains se servent d'un pinceau imbibé de peu d'encre, d'autres d'un pinceau saturé. En fait, il est permis, il est bon même, que dans un même tableau on alterne encre concentrée et encre diluée, et qu'on mélange traits secs et traits fluides. Néanmoins, le peintre supérieur est celui qui, tout en usant de tous ces éléments, sait les transcender par un souffle mobile, unifiant.

*

▲ Peindre les fleurs de prunus, c'est faire le portrait d'un homme supérieur ou d'une belle femme. Sachez utiliser des traits simples et dépouillés pour en souligner l'élévation d'âme, des traits subtils et délicats pour en révéler la beauté éthérée. Dans la réalité, d'ailleurs, vaines seraient des fleurs de prunus en pleine éclosion, si ne venaient, un pichet de vin à la main, quelques ermites à l'allure désinvolte, ou quelques poètes à l'esprit libre de toute contrainte. Ils s'attarderont longuement auprès d'elles, savourant leurs couleurs et leurs parfums, psalmodiant des chants qu'ils composeront à mesure.

Hua Kuang [5]
(dynastie Sung)

▲ C'est le moine Hua Kuang qui, le premier, a peint les prunus à l'encre. Dans le jardin de son monastère, il en avait planté quelques pieds. Chaque fois que venait le temps de la floraison, il transportait aussitôt son lit sous les arbres et chantait des poèmes tout le jour. Nul ne pouvait sonder la profondeur de son plaisir. Certaines nuits de lune, n'étant pas endormi, il regardait s'entrecroiser sur son volet les ombres légères des branches fleuries. Il cherchait alors avec son pinceau à en reproduire les formes. A l'aube, il pouvait contempler l'œuvre achevée, tout imprégnée de l'esprit du clair de lune. Elle contenait vraiment l'ineffable essence des fleurs. Ses peintures finirent par acquérir du renom dans le monde. Le poète Huang Shan-ku les vit et les loua en ces termes :

---

5. Hua Kuang (ou Hua-kuang) était un moine-peintre qui se spécialisa dans la peinture des fleurs de prunus. Il laissa un traité du prunus dans lequel il décrivit avec une extrême minutie les différentes parties du prunus, ainsi que les manières correctes de les dessiner. Le présent texte est tiré de la préface de ce traité.

« Les fleurs peintes sont celles mêmes que l'on contemple lorsque, par un matin clair et frais, on se promène le long des haies dans un village solitaire. Il n'y manque que le parfum. » Le moine-peintre était de caractère farouche. De nombreux hauts fonctionnaires lui demandaient des années durant un tableau sans l'obtenir, alors que d'autres personnes, de condition modeste, à leur grande surprise, se voyaient offrir un tableau. Avant de peindre, il brûlait toujours de l'encens et méditait jusqu'à ce qu'il fût habité d'une parfaite quiétude. Il s'attaquait alors au tableau avec résolution et l'achevait d'une traite.

Fan Chi [6]
(dynastie Ts'ing)

▲ La beauté subtile et aérienne d'un prunus ou d'un bambou ne saurait être rendue que par un artiste qui en possède lui-même la qualité. La loi sévère qui gouverne la peinture est la même que celle qui régit la calligraphie et l'écriture ; elle est longue et difficile à assimiler. Elle exige une maîtrise absolue dans l'art du trait. De nos jours, beaucoup s'adonnent à la peinture de bambou et de prunus, sans en mesurer l'extrême exigence, surtout pour ce qui concerne le bambou. Car, au cours d'une exécution, on peut à la rigueur corriger le dessin d'une branche de prunus ; mais, pour un bambou, qu'il y ait la moindre erreur dans le tracé, et tout est faussé.

---

6. Sur l'auteur, voir *supra*, p. 45, n. 25.

Wang Chih-yuan
(dynastie Ts'ing)

▲ Un peintre qui fait le portrait d'une belle femme sait que le charme de celle-ci se trouve essentiellement dans les yeux. Il en va de même pour l'orchidée. S'il est vrai que l'orchidée doit sa physionomie particulière à ses pétales qu'il faut rendre avec exactitude et minutie, son esprit vivant, toutefois, réside dans le pistil constitué seulement de quelques points qu'on dessine en général au pinceau sec. Ces quelques points sont vraiment l'œil du dragon de Chang Seng-yü [7] !

Luo Ta-ching
(dynastie Sung)

▲ On dit d'ordinaire qu'il est impossible à un peintre de recréer la pureté immaculée de la neige, la clarté transparente de la lune, tout comme le parfum ineffable d'une fleur, ou le chant clair d'une source, ou les sentiments secrets d'un homme. C'est ignorer les ressources mystérieuses de l'art pictural, lequel est relié à la vraie voie de la Création. Jadis,

---

7. Chang Seng-yü, grand peintre du Ve siècle, peignit sur les murs du temple Anluo de Nankin quatre dragons géants. Ceux-ci étaient dépourvus d'yeux. A ceux qui en demandèrent la raison, le peintre répondit : « Si j'ajoutais des yeux à ces dragons, ils s'envoleraient. » Les gens, incrédules, l'accusèrent d'imposture. Sur leur insistance, le peintre consentit à faire une démonstration. A peine eut-il achevé de dessiner les yeux sur deux des dragons qu'on entendit un fracas de tonnerre. Les murs craquèrent, laissant échapper les deux dragons dans un vol fulgurant. Lorsque le calme fut revenu, on constata que, sur les murs, il ne restait plus que les deux dragons sans yeux.

l'empereur [Hsüan-tsung] des T'ang demanda au peintre Han Kan [8] d'étudier sa collection de tableaux de chevaux. Celui-ci répondit : « J'ai pour maîtres les chevaux de l'écurie de Votre Majesté. » Plus tard, sous notre dynastie, le peintre Li Po-shih, lui aussi, passait des journées entières à contempler les chevaux impériaux. Concentrant tout son esprit sur les chevaux, sans prendre la peine de répondre à ceux qui lui adressaient la parole, il finissait par intérioriser la vision totale des chevaux. Il lui suffisait alors de manier son pinceau, et les figures qui en surgissaient étaient naturellement superbes et merveilleuses, sans qu'il eût à se soucier de tel ou tel détail. Le poète Huang Shan-ku a résumé son art en deux vers : « Sous le pinceau fulgurant du peintre Li, les chevaux naissent, chair et os réunis. » De nos jours, parmi mes amis peintres, il y a Ts'ao Wu-i qui excelle dans l'art de dessiner les insectes, et notamment les grillons. Avec le temps, il en a maintenant l'entière maîtrise. Comme je lui demande s'il possède quelque recette (à transmettre aux autres), voici sa réponse : « Ce n'est point affaire de recette. Quand j'étais jeune, je mettais des grillons en cage afin de les observer. Cela de jour comme de nuit sans m'en lasser. Puis, par souci de vérité, je les observai en leur milieu naturel, parmi les herbes. C'est là que je commençai à en saisir la nature profonde au point de m'identifier à elle. En sorte que, au moment de dessiner, je ne sais plus si c'est moi qui suis devenu grillon, ou si c'est eux, les grillons, qui se sont transformés en moi, le peintre. Cette manière de faire est bien celle même de la Création ; y a-t-il lieu de parler de recette ? »

---

8. Célèbre peintre de chevaux du VIIIe siècle.

Li Ch'eng-sou
(dynastie Yuan)

▲ Ceux qui se spécialisent dans les fleurs et les oiseaux doivent les observer attentivement et au besoin se renseigner auprès de ceux qui s'en occupent. Qu'il s'agisse d'un insecte qui crie ou d'un insecte qui combat [9], d'un oiseau familier ou d'un oiseau rapace, il convient qu'ils interrogent longuement les éleveurs pour connaître sans erreur les traits caractéristiques de chaque espèce. Il en va de même pour ce qui concerne les autres animaux : buffles, tigres, chiens, chevaux, etc. Sinon, on aura beau soigner le style, on s'éloignera toujours davantage du vrai. Le grand Han Kan l'a bien dit : « Mes maîtres, ce sont les chevaux de l'écurie impériale [10]. » Quant aux fleurs et aux bambous, le peintre a tout intérêt à se rendre dans un jardin cultivé par un vieil horticulteur et à y demeurer matin et soir. Il finira par connaître dans les détails comment fleurs et bambous poussent et donnent des bourgeons, comment ils s'épanouissent et se fanent.

Tsou I-kuei [11]
(dynastie Ts'ing)

▲ Les Anciens avaient l'habitude d'assortir les fleurs avec les oiseaux. Ceux-ci peuvent être de type extrêmement varié.

---

9. Il s'agit d'insectes destinés aux jeux de combat.
10. Voir le texte précédent.
11. Sur l'auteur, voir, *supra*, p. 81, n. 14.

Fleurs et Oiseaux

Oiseaux de grande taille tels qu'argus, aigle, faucon, faisan, paon ; de petite taille tels que perruche, grive, caille, tourterelle, pie, hirondelle, moineau. Oiseaux aquatiques aussi : aigrette, canard mandarin, oie sauvage, martin-pêcheur, bergeronnette, etc. Quelle que soit leur espèce, les Anciens savaient les représenter chacun selon sa vérité propre. Le grand Huang Ch'üan [12] venait de peindre des faisans sur le paravent installé dans la salle d'audience de l'empereur, lorsqu'on vint présenter à l'empereur un faucon rare. Celui-ci se détacha avec fureur de la main du présentateur et fonça droit sur les faisans peints ! Le peintre Li Ch'eng-sou [13], de la dynastie Yuan, affirma de son côté que, à l'instar de Han Kan qui, pour peindre des chevaux, ne voulait prendre modèle que sur les dix mille chevaux de l'écurie impériale, tout peintre de fleurs et d'oiseaux devait fréquenter assidûment les oiseleurs, ceux qui s'occupaient des oiseaux en cages, comme ceux qui élevaient des rapaces, afin d'assimiler tous les traits caractéristiques inhérents à chaque espèce. Le même auteur recommanda au peintre de rester nuit et jour dans un jardin cultivé par un vieil horticulteur, cela dans le même but de s'initier à tous les secrets concernant les formes et les gestes, si particuliers, des fleurs.

*

▲ La technique de peindre avec la main remonte à Chang Tsao de la dynastie T'ang. Celui-ci, à son ami Pi Hung stupéfait de sa manière de peindre, déclara : « Au-dehors, j'imite la voie de la Création ; au-dedans, je capte la source de mon âme [14]. » De nos jours, il y a le peintre Kao Ch'i-p'ei qui

---

12. Spécialiste de « Fleurs et Oiseaux », Huang Ch'üan (903-968) contribua puissamment à l'établissement de cette tradition.
13. Voir le texte précédent.
14. Cette phrase, toute simple, est devenue par la suite un adage cher à tous les peintres chinois. Elle exprime à merveille la double exigence de la peinture

excelle dans cette technique. Les personnages, les animaux et les paysages, nés ainsi sous ses doigts, sont d'une vivacité extrême. J'ai vu un de ses tableaux de grand format représentant une scène marine. Au-dessus des vagues tumultueuses dont on croirait entendre le grondement planent deux grues toutes tendues vers l'horizon lointain. C'est du grand art. A l'origine, Kao peignait avec un pinceau. C'est pour répondre à des demandes de plus en plus nombreuses qu'il décida un beau jour de se servir directement de sa main. On voit par là que la technique de la peinture à la main exige du peintre d'avoir maîtrisé auparavant celle du pinceau. Ce que n'ont pas compris bon nombre de nos jeunes barbouilleurs. Ils imitent de façon ridicule les quelques rares maîtres. Ils se salissent inutilement les mains tout en gaspillant en abondance encre et papiers !

Cheng Chi [15]
(dynastie Ts'ing)

▲ D'une variété extrême sont les fleurs. Aucune d'entre elles n'est indigne de figurer dans un tableau. De nombreux traités ou manuels pratiques décrivent en détail les différentes espèces. Pour nous qui limitons nos propos ici aux principes généraux, il suffit de distinguer trois sortes de fleurs : celles qui poussent sur une plante à tige herbacée (pivoines, orchidées, chrysanthèmes, jonquilles, etc.), celles

---

chinoise : fidélité au monde objectif et affirmation de l'artiste en tant que sujet. Une exigence qui peut engendrer des tensions internes, mais ne comporte en réalité point de contradictions dans la mesure où le cœur de l'univers et l'âme de l'homme procèdent du même souffle.

15. Sur l'auteur, voir, *supra*, p. 43, n. 23.

Fleurs et Oiseaux

qui poussent sur un arbre (fleurs de prunus, de pêcher, de magnolias, de cannelier, etc.) et celles qui poussent sur une plante grimpante (glycines, liserons, etc.). Le peintre doit user de tout son art du pinceau et de l'encre pour en cerner à la fois l'aspect extérieur et l'esprit intime. Le but suprême n'est pas tant d'en montrer la beauté chatoyante que de faire sentir le « souffle de l'os » qui de l'intérieur les anime. Si l'os dépend davantage du travail de pinceau, le souffle, lui, dépend du travail de l'encre. Il convient cependant que le peintre se garde de faire montre de trop de virtuosité dans le maniement du pinceau et de l'encre : il risquerait de verser dans la désinvolture qui trahirait la nature profonde des fleurs. Certains peintres aiment à utiliser la méthode *mu-ku* [sans os] qui consiste à recourir directement aux couleurs, notamment pour dessiner les pétales. L'effet en est plaisant ; le défaut peut venir de trop de mollesse. D'autres peintres affectionnent le style *kung-pi* [appliqué] ; là, au contraire, le défaut peut venir de trop de rigidité. En réalité, les Anciens avaient l'habitude de combiner les différentes méthodes. Suivant les types de fleurs, on peut dessiner pétales, feuilles et branches entièrement aux traits appliqués ; on peut peindre les fleurs aux couleurs et les feuilles à l'encre ; on peut dessiner fleurs et feuilles dans le style « librement inspiré », puis les rehausser de traits appliqués ; ou, inversement, commencer par le style « appliqué », puis introduire les contrastes foncé-clair et envers-endroit au moyen de couleurs. Incarnant à sa manière la fondamentale interaction du Yin et du Yang (fleurs Yang-feuilles Yin, endroit Yang-envers Yin, foncé Yang-clair Yin, etc.), la peinture de fleurs obéit aux mêmes principes qui gouvernent la peinture de paysage et celle de personnages.

*

▲ Pour peindre un oiseau, on commence généralement par le bec. On dessine d'abord la partie supérieure du bec, et, à partir de là, on enchaîne sur le nez [16] et les yeux. Ensuite, on dessine la partie inférieure du bec, ainsi que la tête et la gorge. Puis, on revient à la partie supérieure pour compléter la nuque et le dos, les ailes et la queue. Puis on revient à la partie inférieure pour compléter la poitrine, le ventre et les jambes. Au cours de l'exécution, on se sert du « pinceau brisé » pour dessiner poils et duvets, de l'« encre graduée » pour peindre ailes et plumes. On ajoute en dernier les pattes. Bien qu'il procède par étapes, le peintre doit garder à l'esprit la vision entière d'un oiseau qui a essentiellement la forme d'un œuf. Par ailleurs, il tient compte aussi de divers mouvements d'un oiseau : en vol, au repos, en train de chanter ou de picoter, etc. Quant à l'aspect varié du bec, pointu ou arrondi, de la queue, longue ou courte, il existe là aussi de minutieuses descriptions contenues dans des manuels pratiques. Pour notre part, nous signalons avant tout la distinction entre les oiseaux de montagne (cailles, hirondelles, pies, faucons, etc.) et les oiseaux d'eau (mouettes, aigrettes, oies sauvages, martins-pêcheurs, etc.). D'une façon générale, les oiseaux de montagne, par besoin de siffler et de voler, ont le bec court et la queue longue ; et les oiseaux d'eau, par besoin de s'enfoncer dans l'eau, de rester longtemps debout sur le banc de sable et d'attraper les poissons, ont le bec long et la queue courte. En vol, les oiseaux de montagne ont les pattes contractées et les ongles recourbés, alors que les oiseaux d'eau, eux, ont les pattes déployées et les ongles dressés. Indiquons enfin qu'il y a cohérence entre bec et ongles d'un oiseau : au bec pointu, ongles pointus ; au bec arrondi, ongles arrondis également. A travers cette cohérence, on s'émerveille de la loi profonde de la Création qu'il faut s'efforcer d'appréhender.

---

16. L'auteur emploie, pour désigner les parties du corps d'un oiseau, les mêmes termes que ceux employés en chinois pour désigner les parties du corps humain (nez, nuque, dos, poitrine, ventre, jambes, etc.). Nous les traduisons tels quels, afin de conserver la perception réelle de l'auteur.

Chin Shao-ch'eng
(dynastie Ts'ing)

▲ A côté des plantes et fleurs, il faut apprendre aussi à dessiner les insectes, les oiseaux et les autres animaux. Car on a souvent besoin de ces derniers pour animer une scène de fleurs, tout comme dans un paysage de montagne ou de forêt on insère un pavillon ou une pagode, quelques pêcheurs ou bûcherons. Jadis, j'ai vu un tableau des Sung représentant un étang près d'un rocher. Dans l'étang on distingue plusieurs feuilles de lotus, une touffe de bambous, et, par-ci par-là, la présence de quelques dizaines de moineaux. Ceux-ci gazouillent ou mangent, volettent ou se reposent. Chacun, pas plus gros qu'un grain de millet, est dessiné dans toute sa vérité. Dès qu'on voit le tableau, on éprouve la sensation de se trouver au cœur même de cette scène d'une exquise fraîcheur. Je me souviens aussi d'un autre tableau, également des Sung, qui représente une mauve à la longue tige et aux feuilles touffues. Une des feuilles semble avoir été grignotée par des insectes ; son extrémité laisse voir des nervures à nu. C'est ce détail infime qui suggère toute l'atmosphère de l'automne.

*

▲ D'ordinaire, c'est à propos de la peinture de paysage qu'on parle de souffles harmoniques. Or, ceux-ci, à mon avis, sont plus essentiels encore pour la peinture de fleurs. Car la représentation d'un paysage peut compter sur les effets riches et variés de l'Encre, alors que celle des fleurs dépend entièrement du travail du Pinceau. Pour dessiner des fleurs, le peintre doit maintenir son poignet très au-dessus du papier et attaquer avec résolution. Au gré de la poussée initiale, sans jamais interrompre l'élan, il fait ressortir, au travers de la succession des traits, l'esprit vivant des fleurs. Il ne peut atteindre ce but s'il procède par l'addition mécanique des détails. Précisons toutefois que les souffles ne signifient point forces brutes, et qu'animer les souffles ne consiste pas uniquement à dessiner à gros traits, sans nuance, comme le font la plupart de nos peintres d'aujourd'hui. Les vrais souffles engendrent résonance et harmonie ; ils épousent la nature particulière de chaque entité vivante. Ils sont riches et denses avec la pivoine, légers et aériens avec le prunus ; ils sont tour à tour grâce et rigueur, selon qu'ils s'appliquent à un saule, à une orchidée, à un bambou ou à un sapin. Pour maîtriser à fond les souffles harmoniques, il est nécessaire que le peintre commence par le style *Kung-cheng* [minutieux et appliqué] et aborde ensuite le style *hsieh-i* [librement inspiré]. C'est au terme d'un long apprentissage qu'il pourra donner libre cours à sa pulsion sans trahir la forme et l'esprit des fleurs ou des arbres qu'il peindra. Au début de notre dynastie, l'art pictural a connu un renouveau avec de grands expressionnistes tels que Pa-ta-shan-jen [Chu Ta] [17] et Shih T'ao [18]. Leurs peintures frappent par leur étrangeté et leur extravagance. Néanmoins, les prunus peints par Pa-ta-shan-jen possèdent exactement cette qualité de distinction et de vivacité qui les caractérise. De même, les bambous peints par Shih T'ao, avec leurs branches agitées dans le vent et leurs feuilles tachetées de rosée, ont une rare saveur. Tout le tableau est mû par un mouvement frémissant sans qu'aucun détail porte la moindre marque de brutalité. Ces artistes-là sont vraiment rompus au *li* [principe interne] de l'art pictural !

---

17. Signalons qu'à Chu Ta (1626-1705) nous avons consacré un album (Éd. Phébus, 1986).
18. Sur Shih T'ao, voir, *supra*, p. 35, n. 18.

CHAPITRE IV

Paysages et Hommes

Wang Wei [1]
(dynastie T'ang)

▲ En peignant un tableau de paysage, le peintre doit avoir son pinceau guidé par le *i* [idée, désir, intention, conscience agissante, juste vision]. Pour ce qui est de la proportion entre les éléments composant un paysage : hauteur d'une montagne, dix pieds ; hauteur d'un arbre, un pied ; taille d'un cheval, un dixième de pied ; taille d'un homme, un centième de pied. Concernant la perspective : d'un homme à distance, on ne voit pas les yeux ; d'un arbre à distance, on ne distingue pas les branches ; sur une montagne lointaine aux contours doux comme un sourcil, nul rocher n'est visible ; de même, nulle onde sur les eaux lointaines, qui rejoignent l'horizon des nuages. Quant aux rapports naturels existant entre les figures principales d'un paysage : la montagne se ceint souvent de brumes ; les rochers recèlent des sources ; pavillons

---

1. Wang Wei (699-759), célèbre poète-peintre-musicien de la dynastie T'ang. On le considère généralement comme le précurseur de la peinture au lavis. Aucune de ses œuvres peintes ne nous est parvenue ; mais, d'après les copies tardives et à travers sa poésie, on peut imaginer une peinture marquée par une vision dépouillée et intériorisée de la nature. Le passage traduit ici est tiré du *Shan-shui lun* [« Montagne et Eau »], texte fondamental qui lui est attribué.

et terrasses s'environnent d'arbres ; sentiers et chemins portent des traces d'hommes. Par ailleurs, tout rocher doit être vu de trois côtés ; un chemin peut être abordé par ses deux bouts ; un arbre se révèle par sa cime déployée ; une eau se perçoit par le vent qui la parcourt.

Considérer en premier lieu les manifestations atmosphériques : distinguer le clair et l'obscur, le net et le flou. Établir ensuite la hiérarchie entre les montagnes : fixer leurs attitudes, leurs démarches, leurs salutations réciproques. Trop d'éléments dans le tableau, c'est le danger de l'encombrement ; trop peu, c'est celui du relâchement. S'efforcer donc de saisir la mesure exacte et la distance juste. Qu'il y ait du vide entre le lointain et le proche, cela aussi bien pour les montagnes que pour les cours d'eau.

*

▲ Sous la pluie, on ne distingue ni ciel ni terre, ni est ni ouest. S'il souffle un vent non accompagné de pluie, le regard est surtout attiré par les branches d'arbres qui s'agitent. Mais, par temps de pluie sans vent, les arbres paraissent écrasés ; les passants portent leur chapeau de joncs et les pêcheurs leur manteau de paille. Après la pluie, les nuages s'estompent, faisant place à un ciel d'azur nimbé de légères brumes ; les montagnes redoublent d'éclats d'émeraude, tandis que le soleil, dardant mille rayons obliques, semble tout proche. A l'aube, les pics se détachent de la nuit ; dans le jour naissant où s'entremêlent encore un brouillard argenté et d'autres couleurs confuses, une lune vague décline. Au crépuscule, à l'horizon doré du couchant, quelques voiles glissent sur le fleuve ; les gens se hâtent de rentrer ; les maisons ont leurs portes entrebâillées. Au printemps, le paysage se voile de brumes et de fumées ; la couleur des rivières vire au bleu, celle des collines au vert. En été, de hauts arbres antiques cachent le ciel, la surface du lac est sans rides ; au cœur de la montagne, la cascade semble tomber des nuages, et, dans le pavillon solitaire, on sent la fraîcheur de l'eau. En automne, le ciel est couleur de jade ; touffue et secrète devient la forêt ; les oies sauvages survolent le fleuve, seuls quelques hérons s'attardent sur la berge. En hiver, la neige recouvre la terre ; un bûcheron marche, chargé de fagots ; là où l'eau basse rejoint le sable, un pêcheur fait accoster sa barque.

Ching Hao [2]
(Cinq-Dynasties)

▲ Pour rendre la vraie physionomie d'un paysage, il faut qu'il y ait accord entre souffle vital et structure formelle. Il faut en outre savoir observer et distinguer les multiples éléments qui composent un paysage. Pour ce qui est de la montagne, un sommet pointu forme un *feng* [pic], un sommet aplati un *ting* [cime], un sommet arrondi un *luan*, et un groupe de montagnes un *ling* [chaîne]. Une cavité dans le flanc d'une montagne s'appelle *hsiu*. Une falaise tombant à pic s'appelle *ya*. Le pied d'une falaise s'appelle *yan*. Un chemin qui circule au sein d'une montagne crée un *ku* [vallée]. Là où le chemin aboutit à une impasse est un *yu* [ravin]. Un cours d'eau qui coule dans un ravin s'appelle *ch'i*. Un cours d'eau qui coule au fond d'une gorge s'appelle *chien*. Rappelons que, si, dans leur partie supérieure, les montagnes ont leurs pics et leurs bosses qui se distinguent les uns des autres, à leur base, elles sont reliées entre elles par des collines et des vallées, parsemées de forêts et de sources. Celles-ci, tour à tour visibles et cachées, contribuent à en varier les tonalités et à en souligner les distances.

---

2. Sur l'auteur, voir, *supra*, p. 31, n. 14.

Kuo Hsi [3]
(dynastie Sung)

▲ Les montagnes sont de grandes choses. Dans leurs formes, elles peuvent être haut dressées ou penchées en avant, majestueusement étalées ou paisiblement accroupies. Elles peuvent apparaître hardies et puissantes ou lourdes et massives, fières et superbes ou vives et pleines d'entrain, ou parfois encore austères et graves. Certaines montagnes ont l'air de jeter des coups d'œil les unes vers les autres, d'autres de se saluer en s'inclinant les unes vers les autres. Elles ont une telle assise qu'elles semblent avoir au-dessus d'elles un toit et au-dessous d'elles un siège, un appui par-devant et un dossier par-derrière. Elles peuvent lever les yeux comme pour contempler quelque haut spectacle ; elles peuvent regarder vers le bas comme à un poste de commandement. Ce sont là les aspects grandioses de la montagne.

L'eau, elle, est une chose vivante. Elle peut être profonde et secrète, ou calme et lisse. Tantôt vaste comme l'océan, tantôt étroite et méandreuse, elle peut offrir une apparence huileuse et lustrée, ou écumante et jaillissante. Elle peut se diviser en de multiples sources ou s'engager dans une course lointaine, bondir en jets tumultueux vers le firmament ou dévaler en cascades vers la terre basse. Elle rend joyeux aussi bien les pêcheurs que les arbres et les herbes. Enveloppée de brumes et de nuages, elle révèle d'autant son charme ; éclairée par le soleil au fond d'une vallée, elle resplendit davantage. Ce sont là les aspects vivants de l'eau.

---

3. Kuo Hsi (1001-1090), un des plus grands peintres de paysage de la dynastie Sung. On lui doit un ouvrage intitulé « Hauts messages des forêts et des sources ». Cet ouvrage, qui a joué un rôle décisif dans le développement de l'esthétique chinoise, est composé d'un ensemble d'écrits et de propos recueillis par son fils Kuo Szu.

La montagne a les cours d'eau pour artères, les arbres et les herbes pour chevelure, les brumes et les nuages pour expression. Ainsi, la montagne doit à l'eau sa vie, aux arbres et aux herbes sa beauté, aux brumes et aux nuages son mystère. L'eau, elle, a la montagne pour visage, les kiosques et les pavillons pour sourcils et yeux ; et la simple présence d'un pêcheur lui donne de l'esprit. Ainsi, l'eau doit à la montagne sa grâce, aux kiosques et aux pavillons sa clarté, au pêcheur en sa barque son allure insouciante et libre.

*

▲ Les montagnes ont trois types de distance ou perspective. Lorsque, du pied de la montagne, le spectateur élève son regard vers le sommet, c'est le *kao-yuan* [distance ou perspective en hauteur] ; lorsque, depuis le devant de la montagne, le spectateur jouit d'une vue plongeante sur les montagnes derrière, c'est le *shen-yuan* [distance ou perspective en profondeur] ; lorsque, depuis une montagne proche, le spectateur dirige horizontalement son regard vers les montagnes lointaines, c'est le *p'ing-yuan* [distance ou perspective plane]. Les tonalités du paysage dans une perspective en hauteur sont pures et claires ; dans une perspective en profondeur, elles sont lourdes et sombres ; dans une perspective plane, elles peuvent être claires ou sombres suivant les circonstances. Les lignes de force d'une perspective en hauteur sont abruptes ; la structure de la perspective en profondeur se fonde sur l'étagement des couches ; l'atmosphère d'une perspective plane se remarque par son caractère fondu, insaisissable.

Quant aux figures humaines au sein du paysage, elles sont distinctes, bien affirmées, dans la perspective en hauteur, légèrement fragmentées et peu esquissées dans la perspective en profondeur, modestes et comme effacées dans la perspective plane.

A l'intérieur d'une montagne, il y a trois rapports de grandeur : la montagne est plus grande que l'arbre, et l'arbre plus grand que l'homme. Une montagne n'est pas grande si elle n'est pas plusieurs dizaines de fois plus grande que l'arbre. De même, un arbre n'est pas grand s'il n'est pas plusieurs dizaines de fois plus grand que l'homme. Ce qui permet, dans un arbre, d'établir une comparaison avec la taille de l'homme, c'est le feuillage ; et ce qui permet, chez l'homme, d'établir une comparaison avec la taille de l'arbre, c'est la grosseur de la tête. Car on prend généralement le volume d'un certain nombre de feuilles comme équivalent de celui de la tête humaine. Ainsi se trouvent établis les justes rapports de grandeur entre la montagne, l'arbre et l'homme.

Si vous cherchez à donner de la hauteur à une montagne, ne la faites pas apparaître tout entière. Elle paraîtra d'autant plus haute qu'elle est ceinte de brumes et de nuages. Si vous voulez donner l'impression que l'eau coule au loin, ne la faites pas apparaître sur tout son cours. Elle paraîtra d'autant plus lointaine que son parcours est par endroits caché et comme interrompu. Quand une montagne est visible de partout, elle manque de cette prestance altière qui la caractérise ; autant dessiner un mortier à piler le riz ! Quand l'eau est montrée sans retenue, elle manque du charme que donnent ses méandres ; quelle différence alors avec un ver de terre ?

*

▲ Lorsqu'on apprend à dessiner des fleurs, on plante une tige fleurie dans un trou profond et on l'observe d'en haut, afin de la saisir de tous côtés. Lorsqu'on apprend à dessiner des bambous, on contemple par une nuit de lune l'ombre d'un bambou reflétée sur le mur, afin d'en appréhender la forme essentielle. Celui qui apprend à peindre des paysages ne doit pas procéder autrement. Il doit se rendre auprès des monts et des eaux et se laisser tout entier pénétrer par leur esprit. Un vrai paysage, il faut le regarder de loin pour en capter les lignes de force, et de près pour en tirer la substance. L'atmosphère des nuages qui anime un paysage [de montagne] n'est pas la même selon les saisons : au printemps elle est douce, enivrante ; en été, dense, touffue ; en automne, claire, éthérée ; en hiver, sombre, insipide. Pour la rendre vivante, il faut avant tout en faire ressortir le mouvement général, sans qu'il y ait la moindre trace d'effort. De même, à cause des brumes et fumées qui l'enveloppent, la montagne elle-même a ses aspects qui changent selon les saisons. Au printemps, elle est attrayante, épanouie ; en été, elle est verte et fraîche, comme imprégnée d'eau ; en automne, elle est nette et claire, magnifiquement parée ; en hiver, mélancolique, effacée, elle semble déjà céder au sommeil. Là aussi, il convient de restituer l'impression d'ensemble, et d'éviter de trop s'enliser dans la description des détails.

*

▲ Parmi les thèmes printaniers, il y a : scène de nuages au début du printemps, vestiges de neige (au début du printemps), éclaircie après la neige (au début du printemps), éclaircie après la pluie (au début du printemps), pluie et brume (au début du printemps), nuages froids (au début du printemps), crépuscule (au début du printemps), montagne printanière au lever du soleil, nuages de printemps avant la pluie, nuages de printemps sortant de la vallée, jeux du printemps sur la rivière, vent printanier noyé de pluie, pluie fine chassée de biais par le vent, montagne printanière à la belle clarté, nuages de printemps à l'image d'une grue blanche, etc.

Pour l'été, il y a les thèmes suivants : belle journée dans la montagne d'été, éclaircie après la pluie (dans la montagne d'été), vent et pluie (dans la montagne d'été), promenade à l'aube (dans la montagne d'été), pavillon entouré d'arbres (dans la montagne d'été), promenade sous la pluie (dans la montagne d'été), forêt profonde (dans la montagne d'été), rochers étranges (dans la montagne d'été), pins et rochers à distance plane, montagne d'été après la pluie, nuages denses avant la pluie, vent brusque et pluie rapide ou bourrasque et averse, montagne d'été après la pluie, pluie d'été chassant les nuages, torrent jaillissant d'un ravin, aube brumeuse dans la montagne d'été, soir de brume (dans la montagne d'été), séjour oisif (dans la montagne d'été), nuages d'été en forme de pics étranges, etc.

Pour l'automne, il y a : début de l'automne après la pluie, éclaircie d'automne dans la plaine, montagne d'automne après la pluie, vent d'automne chassant la pluie, nuages d'automne descendant sur les champs, brumes d'automne sortant de la vallée, vent d'automne avant la pluie, ou encore vent d'ouest amenant la pluie, pluie fine dans le vent d'automne, ou encore pluie soudaine dans le vent d'ouest, soir d'automne dans la brume, crépuscule dans la montagne en automne, soleil couchant dans la montagne en automne, soir d'automne sur la plaine, lumière sur les eaux lointaines, soir d'automne dans une forêt clairsemée, arbres et rochers dans un paysage automnal, rochers et pins dans un paysage automnal, scène d'automne à distance plane, etc.

Pour l'hiver, il y a : nuages d'hiver annonciateurs de neige, neige épaisse dans la lumière pâle de l'hiver, neige grésil dans la lumière pâle de l'hiver, neige tourbillonnant dans le vent, neige sur les torrents de montagne, neige lointaine sur la rivière, chaumière en montagne après la neige, logis de pêcheur sous la neige, amarrage de la barque pour négocier du vin, traversée de la neige pour aller négocier du vin, ruisseau enneigé dans la plaine, ou encore vent et neige dans la plaine, pin enneigé près d'un ruisseau isolé, libation jusqu'à l'ivresse dans une chaumière sous la neige, chant dédié au vent dans un pavillon d'eau, etc.

Quant à l'aube, il y a : aube de printemps ou d'automne, aube sous la pluie ou sous la neige, couleurs de l'aube dans la brume, aube dans la brume en automne, aube dans la brume au printemps, etc.

Quant au soir, il y a : coucher de soleil dans la montagne au printemps, coucher de soleil après la pluie, coucher de soleil sur des vestiges de neige, coucher de soleil dans la forêt clairsemée, rayons du couchant sur la rivière paisible, coucher de soleil sur les eaux lointaines, brume claire du soir dans la montagne, moine regagnant son monastère près du torrent, hôte arrivant le soir devant la porte, etc.

*

▲ Les profanes qui nous voient prendre un pinceau et dessiner ignorent que peindre n'est point chose facile. Chuang-tzu parle d'un peintre qui, « les vêtements dénoués, s'assied les jambes croisées [4] » ; c'est bien saisir la vraie manière d'un peintre. Celui-ci, en effet, doit entretenir en lui une totale disponibilité, ainsi que le désir heureux de créer. Comme il est dit : « Lorsqu'on a le cœur paisible et droit, on est naturellement réceptif » ; c'est alors que les expressions variées des hommes et les multiples aspects des choses se révèlent à son esprit et se montrent spontanément sous son pinceau.

Ku K'ai-chih de la dynastie Chin s'était fait bâtir un pavillon à étages comme atelier. On peut y voir le signe d'un Sage à la pensée élevée. Car, à défaut de jouir d'une perspective dégagée, la pensée perdrait de sa vigueur et se bloquerait sur des détails. Comment parvenir alors à dépeindre la nature réelle des choses et les sentiments profonds des hommes ?

---

4. Cf. *Chuang-tzu*, chap. x : « Le prince Yuan ayant manifesté le désir d'avoir un beau tableau, beaucoup de peintres se présentèrent. Après avoir reçu les instructions, tous s'inclinèrent respectueusement et restèrent plantés là, à lisser leurs pinceaux et à broyer leur encre. Ils étaient si nombreux qu'il en restait la moitié dehors. Or, un peintre arriva après l'heure, tout à son aise. Ayant reçu les instructions et salué, il ne resta pas là, mais se retira chez lui. Le prince envoya voir ce qu'il faisait. Il avait, avant de se mettre au travail, enlevé sa veste et, nu jusqu'à la ceinture, s'était installé, les jambes croisées. "Voilà un vrai peintre, dit le prince, c'est celui qu'il me faut." »

Imaginez un artisan fin et adroit qui veut fabriquer un *ch'in* [luth]. Il trouve un éléococca solitaire qui pousse sur le mont I-yang. Alors que l'arbre est encore en terre, ses branches et ses feuilles non coupées, notre artisan, tout pénétré de son art, voit clairement apparaître à son regard le *ch'in* du maître Lei tout achevé [5]. En revanche, s'il s'agit d'un homme triste et usé de corps, gauche et morose, il regarderait perplexe ses ciseaux pointus et ses tranchets aiguisés sans savoir par où commencer. Comment espérer d'un tel homme qu'il arrive à tailler, avec du bois à demi brûlé, un luth capable d'émettre les cinq notes de la gamme et de les faire résonner à l'unisson de la brise et de l'eau ?

Selon une conception ancienne, un poème est une peinture invisible et une peinture un poème visible. Les théoriciens d'esthétique ont beaucoup disserté là-dessus ; moi aussi, je fais mienne cette vue. Souvent, en mes jours de loisir, je lis des poèmes des Chin et des T'ang. J'y trouve de beaux vers qui expriment des choses que l'homme porte en son for intérieur ou décrivent des spectacles qui s'offrent à ses yeux. Toutefois, je ne saurais en goûter toute la saveur si je ne demeurais en paix, assis devant une fenêtre claire et à une table propre, si je ne brûlais pas auparavant un bâton d'encens pour chasser de mon esprit tous les soucis. Ce que je viens d'affirmer est valable aussi pour ce qui touche ma propre peinture. C'est seulement lorsque tout a été mûri en moi, et que l'esprit et la main se répondent sans faille, que je puis attaquer un tableau. Je trouve alors la juste mesure à chacun de mes gestes et ne suis jamais démuni au cours de l'exécution.

Les peintres d'aujourd'hui se laissent emporter par leurs sentiments et achèvent leurs œuvres dans la hâte.

---

5. Allusion au célèbre luth façonné par le grand calligraphe et musicien Ts'ai Yung (133-192). Celui-ci rencontra un jour un paysan qui brûlait le bois d'un éléococca. Reconnaissant la qualité du bois à son craquement dans le feu, il prit le morceau à demi brûlé et fabriqua l'instrument.

Paysages et Hommes

Moi, Szu [6], j'ai noté les vers ou poèmes des Anciens que feu mon père aimait à réciter. Il en est qui exprimaient, à ses yeux, des pensées excellentes et pouvaient servir de thèmes à la peinture. Par ailleurs, j'ai recueilli moi-même d'autres poèmes que feu mon père considérait aussi comme pouvant inspirer les peintres.

Je les consigne tous comme suit :

Yang Shih-ngo, « Contemplant le mont Pucelle. »

Au sommet du mont Pucelle, la neige du printemps a fondu.
Sur le bord du chemin, les abricotiers ont poussé de tendres rameaux.
Mon cœur aspire à partir. Quand donc ? Je l'ignore.
Chargée de mon regret, ma voiture fait demi-tour au pont rustique.

Ch'ang-sun Tso-fu, « Rendant visite à un ami dans la montagne. »

Cherchant seul le logis dans la montagne, je m'arrête, je repars.
Les chaumières de guingois se suivent derrière le feuillage des pins.
La porte encore close, déjà le maître de maison entend ma voix...
Près des haies, sur les légumes rustiques, vole un papillon jaune.

Tu Kung

Vers le sud est parti mon frère, quand reviendra-t-il ?
Je l'imagine vagabondant parmi les Trois Rivières et les Cinq Chaînes.

---

6. Le prénom du fils de Kuo Hsi. Voir, *supra*, p. 116, n. 3.

Devant la porte de Heng, je contemple seul les eaux d'automne.
Un corbeau frissonnant s'envole ; le soleil sombre derrière les
   monts.

Anonyme

La pêche terminée, j'amarre
   ma barque solitaire parmi les roseaux,
Je débouche une nouvelle jarre de vin,
   je sors le poisson des feuilles qui l'enveloppent.
Depuis que sur les rivières du Chiang
   et du Che je suis devenu pêcheur,
Plus de vingt ans se sont écoulés,
   sans que mes mains se soient jointes pour saluer quiconque !

Tu Fu

Au nord comme au sud du logis, l'eau printanière.
M'enchante tous les jours l'arrivée des mouettes.

Lu Hsuëh-shih

Passant la rivière, ma mule boiteuse dresse ses deux oreilles.
Se protégeant du vent, mon serviteur maigre rentre les épaules.

Wang Wei

Marcher jusqu'au lieu où l'eau prend sa source
Et attendre, assis, que se lèvent les nuages.

Wang Chieh-fu

Sixième mois : appuyé sur un bâton de chénopode,
   j'avance sur un sentier pierreux.
Midi juste : au cœur d'un lieu ombragé,
   j'entends murmurer le ruisseau.

Paysages et Hommes

Wei Yeh

Bruits de godille quand la barque quitte le rivage ;
Le reflet de la ville fait place à celui des montagnes.

Tu Fu

Au loin, limpide, l'eau du fleuve rejoint le ciel ;
Solitaire, à demi cachée, la cité s'enfonce dans la brume.

Li Hou-ts'un

Le chien dort sur le sol à l'ombre des fleurs ;
La vache paît sur la colline dans le bruissement de la pluie.

Hsia-kou Shu-chien

Les bambous profonds distillent un reste de pluie ;
Le haut pic retient le dernier rayon du couchant.

Yao Ho

Ciel lointain : l'oie sauvage qui arrive paraît minuscule,
Fleuve immense : la barque qui s'éloigne plus solitaire.

Ch'ien Wei-yan

La neige tarde à se former,
    déjà les nuages pèsent sur la terre ;
Le chant d'automne résonne encore,
    Voici que les oies sauvages parsèment le ciel.

Wei Ying-wu

Le soir amène la pluie, la rivière est en crue.
A l'embarcadère désert, une barque à la dérive…

Cheng Ku

Debout sur la berge, je te regarde par-delà les eaux lointaines ;
Toi assis seul, toujours plus loin dans ta barque solitaire.

Ch'ien Wen-shih
(dynastie Sung)

▲ Il est aisé de peindre une montagne par temps clair, ou sous la pluie. Autrement plus difficile est de saisir cet état entre être et non-être, lorsque le beau temps est sur le point de céder à la pluie, ou, inversement, que la pluie commence à s'éclaircir pour faire place au beau temps. Ou encore lorsque, baignées de brumes matinales ou de fumées crépusculaires, les choses s'immergent dans la pénombre, distinctes encore, mais déjà nimbées d'un invisible halo qui les unit toutes.

Wang Lü [7]
(dynastie Yuan)

▲ La peinture, certes, a pour but de représenter le *hsing* [apparence formelle des choses], la primauté doit cependant revenir au *i* [idée, désir, intention, conscience agissante, juste vision] ; quand celui-ci fait défaut, on peut qualifier une œuvre d'informe. Toutefois, le *i* ne s'incarne que par la forme ; si l'on néglige celle-ci, comment y retrouver le *i* ? C'est pourquoi, lorsqu'on a obtenu la forme juste, le *i* s'y propage de lui-même. Qu'on manque la forme, et c'en est fait de l'œuvre ! Un peintre qui dessine les choses recherche tout de même la ressemblance, comment peut-il se permettre d'ignorer leur aspect réel ? Les Anciens qui jouissaient d'une célébrité universelle, l'ont-ils gagnée en tâtonnant tout seuls dans l'obscurité ? Or, de ceux qui aujourd'hui s'appliquent à recopier les modèles du passé, la plupart estiment qu'il suffit

---

7. Wang Lü (né en 1332) occupe une place à part dans la peinture de la dynastie Yuan. Il avait été formé selon la tradition de son époque, largement dominée par la peinture des lettrés, laquelle mettait l'accent sur le travail du pinceau et de l'encre et sur la primauté du *i* (c'est-à-dire sur la part subjective du peintre). Mais, après avoir visité, vers le milieu de sa vie, le célèbre mont Hua, au nord de la Chine, il comprit la nécessité vitale de revenir à la nature. Il peignit alors, entre autres, une série d'une quarantaine de tableaux représentant des scènes vues et vécues au mont Hua. Œuvre forte et originale, une des plus saillantes en tout cas de l'histoire de la peinture chinoise. Cette œuvre est précédée d'une préface écrite par l'artiste lui-même – intégralement présentée ici – où celui-ci fait état de sa conception sur l'art pictural. Sans nier l'importance du *i*, il affirme celle du *hsing* [forme réelle et concrète] sans lequel le *i* ne saurait véritablement s'incarner. Par ailleurs, dans un autre court texte, Wang Lü montre qu'il ne renie pas certain héritage du passé, notamment la technique d'un Ma Yuan et d'un Hsia Kuei de la dynastie Sung, dont il emprunte les traits modelés dits « à la hache » pour peindre des scènes d'arbres et de rochers.

La traduction de cette préface a été faite en collaboration avec Mme Joëlle Chimbault qui a consacré un excellent mémoire de maîtrise aux œuvres écrites et peintes de Wang Lü, travail que nous avons eu l'honneur de diriger.

de connaître ces rouleaux de papier ou de soie et ne vont plus au-delà. Il s'ensuit que, plus ils s'écartent du modèle réel, plus ils s'égarent. Leurs œuvres ne captent guère le *hsing*, et combien moins le *i*.

Concernant la présente œuvre, à supposer que je n'aie pas moi-même éprouvé la forme du mont Hua, aurais-je été capable de la figurer ? Ayant contemplé le mont Hua, je l'ai dessiné ; mais le *i* n'y avait pas encore trouvé sa plénitude. Je dus laisser de côté le tableau. Celui-ci occupait néanmoins toutes mes pensées, que je fusse au calme à la maison ou vagabondant sur les chemins, au lit ou à table, affairé au-dehors ou plongé dans la musique, au beau milieu d'une réception ou en pleine composition littéraire. Or, un jour que j'étais dans l'oisiveté, j'entendis passer devant ma porte un orchestre de tambours et d'instruments à vent qui frappait par son accent authentique. Saisi d'une intense émotion, je m'exclamai : « J'ai enfin trouvé ! » J'attrapai mon ancien croquis et le recommençai. En cet instant, je compris que la méthode [ou la loi] se trouvait dans le mont Hua lui-même, au point que j'oubliai complètement ce qu'on nomme ordinairement les règles d'école. Celles-ci ne tirent-elles pas leur autorité des maîtres anciens, qui étaient des hommes ? Or, si elles ne se réfèrent qu'aux hommes, n'en suis-je pas un moi-même, après tout ?

Si l'on prend pour modèle les œuvres du passé, on appelle cela la Norme ; et, comme c'est la Norme, on la suit en toutes circonstances. Comment peut-on s'en tenir à un tel conformisme ? Quand il convient de la suivre, qu'on la suive, et c'est conforme. Quand il convient de la transgresser, qu'on la transgresse, et c'est aussi, à sa manière, conforme. Pourquoi la transgression ne serait-elle pas conforme ? Lorsque le réel invite à la transgression, lorsque le *li* [principe ou structure interne des choses] me dicte de transgresser, alors je transgresse. Bien que ce soit moi qui le fasse, n'est-ce pas en fait le *li* lui-même qui transgresse ? En revanche, lorsque le réel invite à la conformité et que le *li* me dicte de me conformer, alors je me conforme. Est-ce que cet acte ne tient qu'à moi ? Non, c'est le *li* lui-même qui se conforme, voilà tout ! Dira-t-on que j'ai une norme ? Pourtant je ne me sens nullement confiné dans telle ou telle technique. Dira-t-on que je n'ai point de norme ? Pourtant je ne m'écarte pas vraiment des modèles tracés par les Anciens. C'est ainsi que je suis, foncièrement libre entre Norme et Sans-Norme !

D'autant que d'une variété extrême sont les montagnes. La liste suivante en décrit les différents types :

le *sung*	puissant massif, immense et imposant
le *ts'en*	haut pic, efflanqué mais altier
le *luan*	chaîne sinueuse, aux crêtes effilées
le *hu*	moutonnement de monts, humblement étalés
le *ch'iao*	pics acérés, aux pointes culminantes
le *wei*	sublimes éminences, infinies et innombrables
le *mi*	refuges secrets, en forme de sanctuaires
le *ch'in*	gouffres béants, à chacun des flancs
le *chieh*	anfractuosités noueuses, avec arêtes dressées
le *hsien*	croupes en marmites, galbées à leur sommet
le *yai*	falaises escarpées, qui cassent les versants
le *yen*	aiguilles vertigineuses, avec abrupts sans fond
le *feng*	cime suprême, comme une efflorescence

Tels sont, pour la montagne, les traits typiques de la permanence. Mais, lorsque les aspects de la montagne ne se présentent pas tout à fait sous ces traits, on peut dire qu'il y a un changement qui s'opère à partir de la permanence. Quant aux montagnes qui ne ressemblent à rien et qui échappent aux classifications, elles montrent que le changement, à son tour, engendre des métamorphoses. Si le changement lui-même peut comporter des métamorphoses, pourquoi devais-je m'en tenir à la stricte observance de la permanence ? C'est ainsi que je ne pus m'empêcher de rejeter certaines vieilles pratiques et d'en adopter de nouvelles. Malgré cela, je n'allais pas encore au-delà de la simple ressemblance formelle, et, s'agissant de la plus parfaite efflorescence divine, je ne pouvais encore y parvenir par le seul truchement des outils d'atelier. M'en apercevant, je pris pas à pas mon envol, m'éveillai progressivement à la conscience de ma propre créativité et n'écarquillai plus les yeux avec inquiétude sur les traces des maîtres. Quand la « demeure » est vide, l'esprit s'apaise ; on garde le silence pour s'accorder à lui. Alors émerge le *i* qu'on ne saurait exprimer par des mots. Comment aurais-je osé délibérément tourner le dos à mes devanciers ? C'est tout simplement que je n'avais pu faire autrement. Le monde trouve son plaisir dans l'ordinaire et n'a aucun goût pour l'inhabituel. Aussi, les gens à qui il arrivait de voir mon œuvre la tinrent-ils pour extravagante au regard de toutes les règles admises. Ils me demandèrent avec stupéfaction quel était mon maître et je leur répliquai en ces termes : « J'ai pris pour maître mon esprit, mon esprit a pris pour maître mon œil et mon œil a pris pour maître le mont Hua. »

Shih T'ao [8]
(dynastie Ming)

▲ Si la Montagne manque à sa mission, la largeur du monde ne sera pas exprimée ; si l'Eau manque à sa mission, la grandeur du monde ne sera pas exprimée. Il faut en outre que la Montagne porte l'Eau pour que se révèle le *chou-liu* [universel écoulement] ; et que l'Eau porte la Montagne pour que se révèle le *huan-pao* [universel embrassement]. Sans cette action mutuelle de la Montagne et de l'Eau ne sauraient se manifester l'universel écoulement et l'universel embrassement. L'absence de manifestation de ces derniers est signe

---

8. Sur Shih T'ao, voir *supra*, p. 35, n. 18.

Paysages et Hommes

que la maîtrise et la vie (du Pinceau et de l'Encre) ne sont pas correctement assurées. C'est dans la mesure où la maîtrise et la vie exercent pleinement leur pouvoir que l'universel écoulement et l'universel embrassement retrouvent leur voie d'origine. Et c'est en cette voie d'origine que la mission du Paysage peut enfin s'accomplir.

Pour un tableau de paysage en rouleau vertical, la tradition propose la division en trois plans, celui du bas pour le sol, celui du milieu pour les arbres et celui du haut pour la montagne. Devant un tableau divisé de façon aussi évidente, comment le spectateur pourra-t-il jouir d'une vraie perspective ? Si l'on suit mécaniquement cette méthode des trois plans, on n'obtient guère qu'un résultat proche de celui d'une planche gravée.

La division d'un tableau en deux sections, elle, consiste à placer la scène en bas, la montagne en haut ; et la convention veut qu'on ajoute des nuages au milieu pour mieux marquer encore la séparation des deux sections.

Ce qui importe, en fait, c'est que les trois parties de la composition soient traversées d'un seul souffle. Il faut donc éviter de se laisser entraver par ces règles de trois plans ou de deux sections, et attaquer résolument, en sorte que toute la force des coups de pinceau puisse pleinement se donner. Là, évoluant au cœur de mille cimes ou de dix mille vallées, on ne tombera jamais dans la platitude.

*

▲ Tel un lion en furie s'agrippant au rocher, ou un cheval assoiffé se précipitant vers la source, ou encore un orage imminent tout chargé de nuages effervescents, me voici hors de la réalité, hors de ce monde, suspendu, libéré… Tout ce qui est contenu dans ces traits tracés – mes émotions et mes désirs qui font fi de la tradition – ne manquera pas de faire hausser les épaules aux connaisseurs. Ceux-ci s'exclameront : « Mais ça ne ressemble à rien [9] ! »

*

▲ Je parle avec ma main, tu écoutes avec tes yeux : il n'est pas donné au vulgaire de connaître cet échange subtil. Tu le penses de même, n'est-ce pas ?

*

▲ Lorsque je peignais ce tableau, je devenais le fleuve printanier à mesure que je le dessinais. Les fleurs du fleuve s'ouvraient au gré de ma main ; les eaux du fleuve coulaient au rythme de mon être. Dans le haut pavillon dominant le fleuve, le tableau enroulé à la main, je crie le nom de Tzu-mei [10]. A mes cris mêlés de rires, vagues et nuages soudain s'amassent. Déroulant à nouveau le tableau, je m'abîme dans la vision du divin.

*

▲ Sans cheveux ni coiffe, je ne possède non plus de refuge où fuir ce monde. Je deviens l'homme dans le tableau, avec à la main une canne à pêche, au milieu d'eau et de roseaux. Là où, sans limites, ciel et terre ne font plus qu'un.

---

9. Ce texte, ainsi que les trois suivants, sont des inscriptions faites par le peintre dans ses tableaux de paysage.
10. Autre prénom du grand poète Tu Fu (VIIIe siècle) de la dynastie T'ang. Le tableau en question est inspiré d'un poème de Tu Fu.

T'ang Tai
(dynastie Ts'ing)

▲ Les nuages naissent des entrailles de la montagne. C'est d'ailleurs pourquoi on appelle les rochers [d'une vallée] racines des nuages. En effet, autour des rochers se mêlent eau et souffle qui donnent naissance aux nuages. L'état premier des nuages est le *lan* [vapeur qui monte]. Si le *lan* ne se dissipe pas, il forme le *yan* [brume]. Le *yan*, en s'accumulant, devient *yun* [nuage]. Les nuages flottent dans les hauteurs sans lieu fixe. Par leurs aspects changeants, ils manifestent l'atmosphère particulière de chaque saison. Les nuages de printemps sont dispos, nonchalants et bien à l'aise. Les nuages d'été sont épais, denses, tout en relief. Les nuages d'automne sont purs et clairs, poussés par le vent. Les nuages d'hiver sont désolés et sombres, lourds de mystère. En peinture, il y a lieu de faire la distinction entre nuages et brumes. Pour les nuages, on peut distinguer nuages stationnaires, nuages mouvants, nuages crépusculaires, etc. Pour les brumes, il y a différence entre brumes légères, brumes du matin, brumes du soir, etc. L'état le plus ténu des brumes s'appelle *ai* ; le *ai* auréole les cimes et les pics dans le lointain. L'état le plus concentré des brumes s'appelle *wu* ; le *wu* rend toutes choses floues et insaisissables. Nuages et brumes, *ai* et *wu*, lorsqu'ils sont éclairés par les rayons du soleil, donnent mille reflets scintillants, cela s'appelle *hsia*. Le *hsia* incarne la lumière du levant et du couchant. Dans son *Shan-shui chuëh*, Wang Wei [11] disait qu'il ne faut pas dessiner les nuages de façon figée comme s'il s'agissait d'amadouviers. Or c'est bien le défaut chez de nombreux peintres d'aujourd'hui. Ceux-ci commettent aussi l'erreur de camoufler les structures

---

11. Sur Wang Wei, voir, *supra*, p. 113, n. 1.

défaillantes de leur paysage par des nuages semés à tout bout de champ. La fonction des nuages ne saurait se réduire à cet usage indigne. Les vrais nuages sont là pour rendre le paysage plus profond, plus lointain ; c'est eux qui, entraînant montagne et eau dans leur devenir, confèrent au paysage son aura. Pour réussir les nuages, le secret réside dans le pinceau-encre. Il faut manier le pinceau de façon extrêmement légère et rapide. Il faut que les effets de l'encre soient variés, tantôt secs, tantôt mouillés. L'encre est « mouillante » pour suggérer le « pied » des nuages, lequel s'efface peu à peu sans plus laisser de trace. L'encre est « frottante » pour montrer la « tête » des nuages qui semble à la fois avaler et cracher. Que les traits tracés soient capables d'épouser toutes les formes de nuages, de ceux qui s'arrêtent au-dessus d'une vallée comme pour l'aspirer, de ceux qui voguent vers le pic lointain comme pour l'embrasser [12].

Chiang Ho
(dynastie Ts'ing)

▲ Le charme du Plein ne se révèle que par le Vide. De la qualité d'un tableau, les trois dixièmes résident dans la disposition appropriée du Ciel et de la Terre, et les sept dixièmes dans la présence discontinue des brumes et des fumées.

---

12. Signalons que, par son souci de distinguer les différents types de nuages et brumes, l'auteur prend modèle ici sur un traité plus ancien, à savoir le *Shan-shui-ch'un ch'üan-chi* [« Essence des monts et des eaux »] de Han Chuo (XIe siècle). Ce traité, qui aborde une à une les diverses entités de la nature, se remarque par sa description minutieuse et sa précision terminologique. Dans la mesure où le présent texte est plus accessible, nous l'avons choisi au détriment de l'ancien traité ; mais nous tenons à souligner l'importance historique de ce dernier.

*

▲ Dans un paysage où la montagne trône en maître, c'est la montagne qui incarne le Plein et l'eau le Vide. En revanche, dans un tableau représentant un village au bord de l'eau, l'eau, devenant l'élément principal, incarne cette fois-ci le Plein ; et ce sont les berges de l'autre rive, plates ou en pente, qui incarnent le Vide. Plus les berges apparaissent lointaines, comme estompées, plus la présence de l'eau s'impose dans toute son ampleur. Les berges doivent border l'eau aussi discrètement que les nuages la lune.

*

▲ La montagne assiste au lever de soleil à l'est, et au coucher de soleil à l'ouest. Pour représenter une scène crépusculaire, si la montagne occupe la position frontale, il convient que le regard du peintre contourne la montagne et perçoive le couchant, derrière ; car le devant de la montagne, en sa partie supérieure, n'est pas éclairé par les rayons du couchant. Il suffit alors, aux endroits proches du flanc de la montagne, de suggérer au lavis les multiples tonalités que donne le couchant. On peut procéder de la même manière pour une scène d'aurore.

Wang Yuan-ch'i [13]
(dynastie Ts'ing)

▲ Concernant le problème de la composition, voici quelques notions de base. La poussée interne d'un paysage tient aux « artères du dragon [14] » qui le structurent. Le mouvement du « dragon » peut être droit ou oblique, continu ou brisé, visible ou invisible. Outre les « artères du dragon », il faut faire grand cas du *k'ai-ho* [ouverture-clôture] qui a trait, de haut en bas du tableau, au rapport de contraste entre les divers groupes d'éléments qui forment un paysage, entre par exemple le pic maître et les monts secondaires, entre les nuages et les étendues d'eau. Partout dans le tableau, suivant la configuration du paysage, le compact doit s'opposer au délié, et les éléments réunis aux éléments séparés. Quant au *ch'i-fu* [montée-descente], il concerne la séquence rythmique d'un paysage, séquence qui relie le proche au lointain et qui assure le rapport de cohérence à l'intérieur même d'une figure (d'une montagne par exemple), entre la face et le dos, entre la tête et le pied, etc. Fixer les « artères du dragon » sans s'occuper du *k'ai-ho* et du *ch'i-fu*, c'est créer un espace arbitraire et relâché. Inversement, il est indispensable que le *k'ai-ho* et le *ch'i-fu* s'appuient sur les « artères du dragon », sinon, ils partent dans tous les sens, comme des enfants privés de leur mère. Grâce à une organisation rigoureuse fondée sur ces rapports de contraste et de cohérence, le dragon qui évolue au sein du paysage, en dépit de ses mouvements multiples, ne perd jamais son unité en tant que corps vivant.

---

13. Figure prestigieuse (1642-1715) du début de la dynastie Ts'ing, un des tenants de l'école traditionaliste. Grand pédagogue aussi, il forma toute une génération d'excellents peintres.
14. Notion tirée de la géomancie et qui désigne la configuration secrète d'un terrain.

Shen Tsung-ch'ien [15]
(dynastie Ts'ing)

▲ A l'instar de tous les êtres vivants qui obéissent à l'universel mouvement d'ouverture et de fermeture, la peinture, elle aussi, fonde l'une de ses lois de composition sur l'opposition *k'ai-ho* [ouverture-clôture]. Dans un rouleau vertical par exemple, l'ouverture, c'est la partie inférieure où l'on commence un tableau ; la clôture, c'est la partie supérieure où l'on clôt un tableau. Là où l'on commence, on dessine des rochers ou des arbres ; on place ici une maison, là un pont, plus loin une source ou un chemin. Tous ces éléments, chacun en son devenir, composent une scène en pleine expansion, d'où l'idée d'ouverture. Mais, dans la partie supérieure, il s'agit de prendre en charge, de bien terminer tout ce qui monte depuis le bas (montagne, brume, etc.), ou ce qui tend vers le lointain (plage, îlots, etc.), d'où l'idée de clôture. Pour illustrer cette notion d'ouverture-clôture, on peut encore user d'une image temporelle, en comparant les parties d'un tableau à différentes saisons. C'est ainsi que la partie du bas d'un tableau correspond au printemps où la nature s'éveille et se développe ; la partie du milieu à l'été où la nature s'épanouit et mûrit ; et la partie du haut à l'automne et à l'hiver où la nature se ramasse et se recueille, en vue du renouveau. Rappelons que, à l'intérieur même d'une saison, il y a le mois (la lune) avec sa croissance et sa décroissance ; il y a le jour avec sa période diurne et sa période nocturne. Et toutes choses, par leur respiration et leur pulsation, incarnent à chaque instant cette loi d'ouverture-clôture. Dans un tableau, le moindre arbre, le moindre rocher doivent le faire de même [16].

---

15. Sur l'auteur, voir *supra*, p. 46, n. 26.
16. Dans ce texte, l'auteur aborde le problème de la composition qui est en

▲ De nos jours, on considère comme un expert en *chieh-hua* [peinture à la règle] [17] celui qui sait bien tracer des lignes à la règle, lignes droites ou obliques calculées au millimètre près. Or, cette peinture exige un art autrement plus subtil. Tout comme dans un tableau de grande dimension représentant un personnage, où il est recommandé d'éviter le moindre trait tracé à la règle, dans un tableau qui présente des bâtiments ou des ustensiles, il serait bon de tracer d'abord les lignes droites à la règle avec un pinceau sec et de dessiner ensuite des traits d'après ces lignes prétracées avec un pinceau très imbibé. Il faut dessiner selon un mouvement de poignet sûr, un peu à la manière de la calligraphie en style *chuan* [18] qui conserve la saveur antique et qui donne vie aux formes même les plus inertes. Sinon ce ne serait plus de la peinture (ou de l'art du trait) [19] ! Le « Pavillon au cœur du mont des Immortels » de Kuo Chung-shu [20] est un modèle du *chieh-hua*. Mais, si le peintre s'était uniquement servi d'une règle, son tableau n'eût été qu'une planche gravée. Par ailleurs, veillez à ce que les bâtiments ou les ustensiles représentés aient une présence sobre et élégante (capable de s'intégrer dans un environnement), et à ne pas les charger de trop de

---

principe l'organisation spatiale d'un tableau ; pourtant, il recourt à l'image du temps (en l'occurrence des saisons) pour figurer cette organisation. Signalons que, à ce thème du temps dans la peinture chinoise, nous avons eu l'occasion de consacrer un article qui est entièrement reproduit à la fin du présent ouvrage, dans les Annexes.

17. Genre de peinture qui prit son essor sous la dynastie Sung. Cette peinture consiste à représenter des constructions (palais, terrasses, maisons, jardins, etc.) au sein d'un paysage et à jouer sur les contrastes entre formes géométriques et éléments naturels.

18. Un des styles archaïques de l'écriture chinoise.

19. Rappelons que, en chinois, le mot *hua* désigne à la fois la peinture et le trait de pinceau.

20. Mort en 977, grand peintre du début de la dynastie Sung, spécialisé dans la peinture à la règle.

Paysages et Hommes

détails précieux et artificiels. Le charme d'une peinture à la règle réside certes dans le fait d'insérer des édifices humains au sein d'un paysage aux arbres enchevêtrés et aux rochers superposés. Mais le contraste entre formes géométriques et éléments naturels doit être fondé non tant sur le hiatus que sur la symbiose. Cette symbiose est assurée, justement, par l'art du trait. Les traits peuvent être différents, mais, tous, ils doivent « découler » du pinceau, c'est-à-dire de la main et du cœur de l'artiste. On connaît l'exigence de la méthode du pinceau lorsqu'il s'agit de dessiner les plis de vêtement dans un tableau de personnage, ou de dessiner les arbres et les rochers dans un tableau de paysage. Pourquoi cette exigence serait-elle abandonnée pour le tracé des lignes droites ?

*

▲ Dans la peinture de personnage, le paysage ou la scène qui sert de fond peut être « dense » ou « aéré ». Dans le style « aéré », l'attention doit porter sur la disposition judicieuse des éléments : on met ici quelques arbres ou rochers, là une touffe d'herbes ou de fleurs. De leur présence discrète doit se dégager une ambiance sereine et une fine saveur, sans qu'on y ressente une quelconque impression de relâchement et de monotonie. Ce qui prime dans ce style, c'est le dépouillement : le moindre monticule ou grotte, le moindre siège ou guéridon y sont imprégnés d'un esprit purifié qui inspire chez le spectateur des pensées élevées. Dans le style « dense », en revanche, le tableau est peuplé de multiples éléments qui se croisent ou se répondent. L'important est que, au milieu des méandres enchevêtrés, on puisse saisir une structure organique et que, au sein de la présence la plus compacte, on respire cependant l'aisance. Sinon le paysage ressemblerait à des herbes sauvages qui ont poussé en désordre ou à un tas de fagots mal empilés !

Qu'on ait souci de créer, dans le tableau, de la profondeur. Que la composition comporte au moins trois plans. Si le premier plan est de structure horizontale (par exemple, une rangée d'arbres), il convient que le deuxième plan soit de structure verticale (par exemple, des habitations avec leurs auvents et leurs balustrades), et que le troisième plan, dans le fond, revienne à la structure horizontale (par exemple, un espace estompé habité de rochers et de plantes). Pour engendrer une vraie impression de profondeur, par-delà ces structures contrastées, le peintre doit savoir user de toutes les nuances que permet l'art du pinceau. A partir de la surface plane du papier ou de la soie, il faut tracer graduellement les figures de telle sorte que le deuxième plan semble émaner du premier plan et le troisième plan du deuxième. C'est ainsi que le spectateur sera irrésistiblement incité à pénétrer le tableau en suivant des voies à la fois sinueuses et ordonnées. A l'intérieur de chaque plan, il est indispensable de susciter encore des contrastes internes, adéquatement répartis, entre le foncé et le clair, l'appuyé et l'effacé, etc. On n'oublie pas non plus de ménager, à travers le tableau, des vides intermédiaires, sous forme de nuages ou de cours d'eau, afin de favoriser la circulation du souffle. A propos des composantes d'un paysage, rappelons encore quelques règles élémentaires : si une forêt peut être montrée « à nu », une habitation doit rester à demi cachée ; si une étendue d'eau peut être sans limites, un terrain plat ne saurait trop s'étendre sans se montrer monotone ; un cours d'eau doit donner l'impression d'avoir une source et un chemin doit sembler mener quelque part. En résumé, l'effet de profondeur s'obtient, certes, par les contrastes des nuances, mais avant tout par la judicieuse disposition des éléments à peindre. Ceux-ci, pour autant qu'ils s'organisent en groupes structurés, n'en restent pas moins distincts les uns des autres. L'ensemble de la composition frappera le spectateur par sa complexité foisonnante et sa richesse inépuisable, tout en laissant à celui-ci le loisir de goûter les savantes combinaisons de chaque parcelle.

*

▲ Rien de plus varié sous le ciel que le visage humain. Non seulement il y a différence entre un visage jeune, souple, et un visage vieilli, ridé ; mais, pour le visage d'une même personne, il y a changement d'aspect suivant les moments et les humeurs. Chaque personne étant habitée par un esprit qui lui est propre, et l'art du portrait consistant à capter l'esprit du personnage [21], il n'est pas possible de proposer une méthode unique pour représenter un visage. On peut toutefois, touchant les types de visages, relever quelques distinctions de base. Distinction de configuration : long, court, large, étroit, etc. ; distinction de relief : saillant, plat, tranchant, arrondi, etc. ; distinction de couleur : gris, jaune, rose, blanc, etc. ; distinction d'épiderme ; tendu, relâché, rude, fin, etc. Par ailleurs, lorsqu'un visage présente une face large, ses deux côtés paraissent plus étroits ; inversement, un visage montrant davantage les deux côtés a une face naturellement plus réduite. Concernant la structure d'un visage, entre son ciel (le crâne) et sa terre (la mâchoire) [22], la tradition parle de « trois couches superposées et cinq points horizontaux ». Les trois couches superposées se présentent ainsi : la couche supérieure va du sommet du front jusqu'aux sourcils, la couche médiane va des sourcils jusqu'au bout du nez, et la couche inférieure va du nez à la mâchoire. Quant aux cinq points horizontaux, il s'agit de l'axe horizontal marqué par les deux oreilles, les deux yeux et le point central. Pour la distance entre les cinq points, il faut tenir compte du fait évoqué plus haut, à savoir que la proportion varie selon la largeur de la face. Le peintre est invité à porter une attention particulière sur l'espace entre

---

21. Le terme en chinois qui désigne l'art du portrait est *ch'uan-shen* [transposer l'esprit].
22. Pour décrire le visage humain, les auteurs chinois emploient souvent les mêmes termes que ceux utilisés pour décrire le paysage : ciel, terre, montagne, précipice, grotte, caverne, etc. Car, selon leur conception cosmologique et leur perception concrète, il existe une sorte d'équivalence entre paysage et visage.

l'oreille et la pommette. Signalons enfin que la tradition propose une série d'idéogrammes pour figurer certaines formes typiques de la tête humaine. Ainsi, l'idéogramme 由 pour une tête étroite en haut et large en bas ; l'idéogramme 甲 pour une tête large en haut et pointue en bas ; l'idéogramme 田 pour une tête carrée ; l'idéogramme 申 pour une tête large au milieu et étroite en haut et en bas ; l'idéogramme 冎 pour une tête plate au sommet et large en bas ; l'idéogramme 自 pour une tête carrée en bas et rétrécie en haut ; l'idéogramme 目 pour une tête allongée ; et l'idéogramme 皿 pour une tête courte. S'agissant d'un visage sans grands reliefs, le peintre doit commencer par des traits dessinés au pinceau léger, puis, avec patience, il fera ressortir des détails signifiants dictés par une longue observation.

Cheng Chi [23]
(dynastie Ts'ing)

▲ Les rochers constituent l'ossature de la montagne, et les sources les veines des rochers. Sans os, un être de chair ne saurait se tenir ; privé du sang qui coule dans ses veines, il ne saurait continuer à vivre. Les Anciens faisaient grand cas de la représentation des sources et des chutes dans un tableau de paysage. Haut suspendues ou tombant en cascade, interrompues par les nuages ou divisées en plusieurs branches, les sources qu'ils peignaient épousaient étroitement les formes de la montagne et des rochers. Tantôt apparentes, tantôt cachées, elles ne perdaient jamais leur qualité de relief et de

---

23. Sur l'auteur, voir *supra*, p. 43, n. 23.

profondeur. « Cinq jours pour dessiner un cours d'eau [24] », ce n'est point là une vaine expression. Pour qu'une source donne l'impression de couler, de respirer, il convient qu'elle ne soit pas représentée en ligne continue. On peut la fractionner en deux, trois ou même quatre tronçons ou sections. Il importe seulement que ces sections soient dépourvues d'uniformité et de monotonie, qu'elles se relient et se répondent entre elles, comme dessinées d'un seul trait.

*

▲ Pour déterminer, dans un tableau, la taille d'un personnage (au milieu d'un paysage), on prend la longueur de sa tête comme unité de mesure. La tradition propose la proportion suivante : la hauteur d'un personnage est de sept fois la longueur de sa tête s'il est debout ; de cinq fois la longueur de sa tête s'il est assis ; et de trois fois la longueur de sa tête s'il est accroupi. (A son tour, la taille du personnage va servir d'unité de mesure aux autres figures qui composent le paysage.) Ce n'est là, bien entendu, qu'un ordre général. Il convient de saisir la mesure exacte en tenant compte de la forme de la tête, longue ou courte, large ou étroite. Par

---

24. Cette expression vient d'un poème composé par Tu Fu (VIIe siècle) pour célébrer un tableau de paysage du peintre Wang Tsai. Le poème commence ainsi : « Dix jours pour peindre un cours d'eau, cinq jours pour dessiner un rocher. » Ces deux vers, devenus célèbres, contribuent à écarter certaines idées fausses concernant l'exécution d'un tableau. On sait que l'art du trait, qui est à la base de la peinture chinoise, ne souffrant guère de retouches, implique une sûreté dans la décision, de la part du peintre, à chaque étape de l'exécution. D'où une certaine primauté accordée à la notion de rapidité. Mais celle-ci ne signifie point hâte ou précipitation. Il est vrai que la tendance expressionniste, en sa forme extrême, prône la réalisation instantanée d'une vision fulgurante, mais, à l'opposé, il existe aussi le style *kung-pi* [minutieux et appliqué]. Entre les deux, il y a le procédé plus généralement utilisé qui consiste à introduire dans la rapidité (dont le souci principal est de ne pas interrompre le souffle) une infinie lenteur, notamment dans la manière de modeler les traits et de nuancer l'encre.

ce souci de respecter scrupuleusement la proportion, l'art de dessiner les personnages s'apparente en quelque sorte à la peinture dite à la règle. Il existe cependant une différence entre les deux disciplines. Tandis que la peinture à la règle peut englober tout ce qui existe sous le ciel : les arbres et les rochers, les demeures et les constructions, les véhicules et les animaux, les meubles et les ustensiles, l'art de dessiner les personnages, lui, ne s'applique qu'au corps humain, lequel est d'une grande complexité. Le peintre aura à maîtriser les différents éléments que sont la figuration de la tête avec les yeux et les oreilles ; le tracé du nez, de la bouche, des sourcils et de la barbe ; le volume de la poitrine, du dos et des membres ; la position du corps : debout ou assise, en marche ou au repos, etc. Soulignons l'importance des yeux par où transparaît l'esprit d'un personnage. C'est en fonction du sentiment qui habite le personnage et de la direction de son regard que le peintre fixera l'emplacement des yeux – s'il est vrai que, d'une façon générale, suivant que la tête de l'homme est tournée à gauche ou à droite, son œil se trouve également à gauche ou à droite. Mais l'homme n'est pas un être inerte. Dans un paysage, il est en train soit de déambuler à la recherche d'un beau vers, soit de contempler, assis, quelque scène ineffable. Son corps est là, à un point précis, mais son esprit en randonnée embrasse le paysage en entier. Son regard, épousant la poussée du paysage, devient le regard même du paysage. Il sera permis alors au peintre de suggérer cet état de communion vivante et totale en dessinant un œil expressément à droite sur un visage tourné à gauche, ou, inversement, sur un visage tourné à droite un œil à gauche [25] !

---

25. Rappelons ici ce que nous avons indiqué dans l'introduction du présent ouvrage : la peinture de personnage constituait, durant la haute époque, la rubrique la plus importante de la peinture chinoise. C'est à partir de la dynastie Sung, vers le XIIe siècle environ, qu'elle céda la place à la peinture de paysage, et le personnage était désormais représenté le plus souvent au coin d'un pay-

Paysages et Hommes

Chin Shao-ch'eng
(dynastie Ts'ing)

▲ Chez l'homme, toutes les expressions de joie, de colère, de tristesse ou de contentement se reflètent dans le visage. Dans la montagne, c'est par les nuages que se montrent les humeurs infiniment changeantes du temps.

*

▲ Lorsqu'on insère des personnages dans un paysage, les traits utilisés pour dessiner ces personnages doivent être en accord avec ceux utilisés pour dessiner les montagnes, les rochers, les arbres, les plantes, etc. Dans le cas où le paysage est de style *kung-hsi* [minutieux et appliqué], les personnages doivent être du même style. Il n'est pas jusqu'à leurs barbes et leurs sourcils, à leur ceinture et leur canne qui ne soient distinctement dessinés. En revanche, si le paysage est de style *hsieh-i* [librement inspiré], il suffit alors de suggérer la présence des personnages au moyen de quelques traits modelés ; car il s'agit là, non de décrire leur corps, mais de transmettre leur esprit, en communion avec le paysage.

---

sage. L'art du portrait ne disparaissait pas pour autant. Il devenait un genre très vivant, mais mineur, réservé à des peintres spécialistes. De nombreux traités et manuels, à eux destinés, proposent des descriptions physiologiques minutieuses et des indications techniques précises.

Le fait de représenter le personnage, plus ou moins dessiné suivant le style, au sein d'un paysage, peut donner à penser que l'homme a tendance à s'effacer dans la nature. Telle n'est pas la perception du peintre chinois. A ses yeux, dans un tableau qui suggère la communion de l'homme et de l'univers, l'homme est d'autant plus présent que sa présence est discrète, car tout le paysage devient ainsi le reflet ou l'incarnation de son esprit. Pour minuscule que soit sa présence, son être apparaît comme le pivot autour duquel tourne le paysage ; et son regard n'est autre que celui même du paysage.

Ch'ien Tu
(dynastie Ts'ing)

▲ Dans la représentation des personnages au sein d'un paysage, le peintre Chao Wu-hsing [26] atteint l'excellence. Sa technique procède de celle utilisée par les peintres T'ang. Même dans les tableaux de petite dimension, les personnages ont leurs yeux et leurs sourcils clairement dessinés. Et les plis de leur habit, eux, sont dessinés avec des traits aussi fins que les fils d'araignée. Ces détails infimes contribuent à créer une impression de vivace acuité. Le peintre T'ang Liu-ju, lui, s'inspire des peintres des Sung. Pour dessiner les plis des robes que portent les personnages, il use de traits nets et continus comme des ficelles. Le résultat en est aussi excellent. L'important en tout cas est que le dessin des vêtements reste simple et qu'il fasse ressortir l'esprit élevé des personnages. Quant aux tableaux où les personnages sont de grande dimension, il convient de prendre modèle sur le style archaïque des figures gravées sur pierre du temple Wu-liang.

*

▲ Dans le tableau de Chao Sung-hsuëh [27] représentant Lao-tzu sous un pin, on ne voit qu'un pin, un rocher, un lit étroit en rotin et le personnage. Mais entre ces quatre figures s'établit, au niveau des traits, un jeu de contraste, ou de contrepoint, qui donne toute la saveur au tableau. C'est ainsi que le pin est dessiné aux traits très complexes et le rocher aux traits tout à fait simples. Il en est de même entre le lit et le person-

---

26. Autre nom de Chao Meng-fu (1254-1322), grand peintre de la dynastie Yuan.
27. Autre nom de Chao Meng-fu. Note 26, ci-dessus.

nage : le premier aux traits complexes et le second aux traits simples. Enfin, à l'intérieur même du personnage, le dessin du vêtement est simple tandis que la coiffe et les sandales sont d'une grande complexité.

Yun Shou-p'ing [28]
(dynastie Ts'ing)

▲ Chant des pins qui palpitent, chant de l'eau qui s'écoule, nuage blanc survolant la cime sans se disperser, haut pic rejoignant le ciel sans s'arrêter… Tout cela forme un univers autre – autre aussi le soleil et autre la lune. J'y fais des randonnées sans limites ; je m'y perds sans regret.

---

28. Sur l'auteur, voir, *supra*, p. 64, n. 34.

Annexes

Liste des auteurs et de leurs œuvres figurant dans le présent ouvrage

Rappelons que la quasi-totalité des œuvres dont nous avons traduit des extraits dans le présent ouvrage se trouvent contenues dans trois grandes anthologies publiées en Chine, à savoir : le *Li-tai lun-hua ming-chu hui-pien* 历代论画名著汇编 de Shen Tzu-ch'eng 沈子丞 (1943, 1982), le *Chung-kuo hua-lun lei-pien* 中国画论类编 de Yu Chien-hua 俞剑华 (1957) et le *Chung-kuo hua-lun ts'ung-k'an* 中国画论丛刊 de Yu An-lan 于安澜 (1937, 1958, 1977).

Pour faciliter le repérage, les auteurs sont répartis d'après les dynasties sous lesquelles ils ont vécu ; et, à l'intérieur de chaque dynastie, ils sont présentés par ordre alphabétique.

DYNASTIE T'ANG (618-907)

Chang Yen-yuan 张彦远, *Li-tai ming-hua chi* 历代名画记
Chu Ching-hsüan 朱景玄, *Tang-ch'ao ming-hua lu* 唐朝名画錄
Wang Wei 王维, *Shan-shui lun* 山水论

CINQ-DYNASTIES (907-960)

Ching Hao 荆浩, *Pi-fa chi* 筆法记

DYNASTIE SUNG (960-1279)

Ch'ien Wen-shih 錢聞詩, *Tzu-yen lun-hua* 子言論畫
Hsüan-ho hua-p'u 宣和畫譜
Hua Kuang 華光, *Hua Kuang mei-p'u* 華光梅譜
Kuo Hsi 郭熙, *Lin-ch'üan kao-chih* 林泉高致
Luo Ta-ching 羅大經, *Hua shuo* 畫說
Mi You-jen 米友仁, *Yuan-hui t'i-pa* 元暉題跋
Su Tung-po [1] 蘇東坡, *Tung-po lun-hua* 東坡論畫
Teng Ch'un 鄧椿, *Hua chi* 畫繼

DYNASTIE YUAN (1279-1368)

Li Ch'eng-sou 李澄叟, *Hua shuo* 畫說
T'ang Hou 湯垕, *Hua chien* 畫鑑

DYNASTIE MING (1368-1644)

K'ung yen-shih 孔衍栻, *Hua chüeh* 畫訣
Li Jih-hua [2] 李日卡, *Lun-hua* 論畫
Shen Hao 沈顥, *Hua chu* 畫麈
Shih T'ao [3] 石濤, *K'u-kua-he-shang hua-yü lu* 苦瓜和尚畫語錄
et *Ta-ti-tzu t'i-hua shih-pa* 大滌子題畫詩跋

---

1. Les propos de Su Tung-po sur la peinture se trouvent disséminés dans plusieurs recueils. Nous indiquons ici le titre général.
2. Les propos de Li Jih-hua sur la peinture se trouvent disséminés dans plusieurs recueils, dont notamment le *Liu-yen-chai pi-chi* 六硯齋筆記. Nous indiquons ici le titre général.
3. Shih T'ao (ou Shih-t'ao) n'avait que trois ans lors de l'effondrement de la dynastie Ming. Certaine tradition le classe parmi les peintres des Ming, compte tenu du fait que l'artiste était de sang royal et qu'il se réclamait souvent lui-même de l'ancienne dynastie. Nous suivons ici cette tradition.

Annexes

T'ang Chih-ch'i 唐志契, *Hui-shih wei-yen* 繪事微言
Tung Ch'i-ch'ang 董其昌, *Hua chih* 画旨

DYNASTIE TS'ING (1644-1911)

Cha Li 查礼, *Hua-mei t'i-chi* 画梅题记
Cheng Chi 郑绩, *Meng-huan-chü hua-hsüeh chien-ming* 梦幻居画学简明
Cheng Hsieh 郑燮, *T'i-hua* 题画
Ch'eng Yao-t'ien [4] 程瑤田, *Shu-shih* 书势
Chiang Ho 蒋和, *Hsüeh-hua tsa-lun* 学画杂论
Ch'ien Tu 钱杜, *Sung-hu hua chi* 松壶画记
Chin Nung 金农, *Tung-hsin hua-pa* 冬心画跋
Chin Shao-ch'eng 金绍城, *Hua-hsüeh chiang-i* 画学讲义
Ch'in Tsu-yung 秦祖永, *T'ung-yin hua-lun* 桐阴画论
Fan Chi 范玑, *Kuo-yun-lu hua-lun* 过云庐画论
Fang Hsün 方薰, *Shan-ching-chü hua-lun* 山静居画论
Fang Shih-shu 方士庶, *T'ien-yung-an sui pi* 天慵庵随笔
Huang Pin-hung [5] 黄宾虹, *Hua-yü lu* 画语录
Kung Hsien 龚贤, *Hua Chüeh* 画诀
Pu Yen-t'u 布彦图, *Hua-hsüeh hsin-fa wen-ta* 画学心法问答
Shen Tsung-ch'ien 沈宗骞, *Chieh-chou hsüeh-hua pien* 芥舟学画编
Sung Nien 松年, *I-yuan lun-hua* 颐园论画
Tai Hsi 戴熙, *Tz'u-yen-chai t'i-hua ou-lu* 赐砚斋题画偶录
T'ang I-fen 汤贻汾, *Hua-ch'üan hsi-lan* 画筌析览
T'ang Tai 唐岱, *Hui-shih fa-wei* 绘事发微
Tsou I-kuei 邹一桂, *Hsiao-shan hua-p'u* 小山画谱
Tung Ch'i 董棨, *Yang-su-chü hua-hsüeh kou-shen* 养素居画学钩深

---

4. Cet ouvrage ne figure pas dans les trois anthologies précitées. On le trouve dans la collection *Mei-shu ts'ung-shu* 美术丛书.

5. Huang Pin-hung (1864-1955) avait plus de quarante-sept ans lors de l'effondrement de la dynastie Ts'ing. Sa longévité lui a permis de travailler plus de quarante ans encore sous la république. Il était l'une des grandes figures qui ont contribué à renouveler la peinture traditionnelle à l'époque moderne. Son *Hua-yü lu* a été publié en Chine en 1959.

Wang Chih-yuan 王知玩, *T'ien-hsia-you-shan-t'ang hua-chi* 天下有山堂画记
Wang Hsüeh-hao 王学浩, *Shan-nan lun-hua* 山南论画
Wang Kai 王槩, *Hsüeh-hua ch'ien-shuo* 学画浅说
Wang Yuan-ch'i 王原祁, *Yü-ch'uang man-pi* 雨窗漫笔
Wang Yü 王昱, *Tung chuang lun-hua* 东莊论画
Yun Shou-p'ing 鄆寿平, *Nan-t'ien lun-hua* 南田论画

Liste récapitulative des termes techniques

Rappelons que cette liste est tirée de notre ouvrage *Vide et Plein, langage pictural chinois* (Éd. du Seuil, 1979) qui propose une analyse sémiotique de l'art pictural chinois, notamment pour ce qui touche le paysage. Nous y avons dégagé, depuis la base jusqu'au sommet de cet art, une structure à cinq niveaux, chaque niveau comportant des concepts ou notions qui lui sont propres. Indiquons cependant les quatre notions suivantes qui, liées toutes à l'idée fondamentale de *Hsü* 虛 [Vide], sont valables pour tous les niveaux :

Ch'i 氣 [souffles vitaux] : d'après la cosmologie chinoise, l'univers créé procède du Souffle primordial et des souffles vitaux qui en dérivent. D'où l'importance, en art comme dans la vie, de restituer ces souffles. « Animer les souffles harmoniques », canon formulé par Hsieh Ho au début du VIe siècle, est devenu ainsi la règle d'or de la peinture chinoise.

Li 理 [principe ou structure interne] : la primauté accordée aux souffles vitaux permet à l'artiste de dépasser son penchant pour un illusionnisme trop réaliste. Il s'agit pour lui moins de décrire les aspect extérieurs du monde que de saisir les principes internes qui structurent toutes choses et qui les relient les unes aux autres.

I 意 : Ce terme riche de sens ne peut être rendu en français que par une série de mots tels que : idée, désir, pulsion, intention, conscience agissante, juste vision, etc. Il concerne la disposition mentale de l'artiste au moment de la création, d'où l'adage : « Le *i* doit précéder le pinceau et le prolonge. » Dans l'optique chinoise, cette part de l'homme ne relève pas de l'arbitraire d'une pure subjectivité. C'est seulement dans la mesure où l'artiste, par le truchement du *ch'i* et du *li*, a intériorisé le *i* [intentionnalité] qui habite toutes choses que son *i* à lui peut-être réellement souverain et efficient.

Shen 神 [âme, esprit, essence divine] : la création artistique n'est pas une simple adéquation entre l'homme et l'univers. Le génie humain, par son action dans le processus du Tao, provoque le mystérieux devenir qu'incarne le *shen*.

NIVEAU I   PINCEAU-ENCRE

Ce niveau concerne tout le travail du pinceau. Le maniement même d'un pinceau a fait l'objet de recherches très raffinées. Concernant le corps de l'artiste, on parle du *shih-chou* 實肘 [bras plein], du *hsü-wan* 虛腕 [poignet vide] et du *chih-fa* 指法 [méthode des doigts], etc. Concernant le mouvement du pinceau, on distingue *cheng-feng* 正鋒 [attaque frontale], *ts'eu-feng* 側鋒 [attaque oblique], *che-pi* 折筆 [à rebrousse-poil], *heng-pi* 橫筆 [à poils couchés], *an* 按 [en pressant], *t'i* 提 [en soulevant], *t'uo* 拖 [en traînant], *ts'a* 擦 [en frottant], *ch'i-fu* 起伏 [en mouvement ondulé], *tun-ts'o* 頓挫 [en cadence syncopée], etc. Quant aux types de traits issus du tracé du pinceau, ils sont d'une grande variété, comme le montrent les termes ci-dessous. Rappelons qu'un trait n'est pas une simple ligne ; avec son attaque et sa poussée, son plein et son délié, il incarne à la fois forme et volume, tonalité et rythme. En tant qu'unité vivante, tout trait doit posséder le *ku-fa* 骨法 [ossature], le *ching-jou* 筋肉 [muscle et chair], le *huo-li* 活力 [force] et le *shen-ch'ing* 神情 [expression].

kou-le 勾勒	tracé du contour d'un objet
pai-miao 白描	tracé des figures en lignes continues et unies, juste renforcées par endroits
mu-ku 沒骨	trait « pointilliste » ou « tachiste », utilisé surtout pour dessiner les fleurs
kung-pi 工筆	dessin régulier et appliqué, dans le style académique
kan-pi 乾筆	trait tracé au pinceau imbibé de peu d'encre

fei-pai 飛白   trait tracé rapidement au gros pinceau ayant les poils écartés, lacéré de blanc en son milieu

ts'un 皴   traits modelés de types très variés (on peut en dénombrer une trentaine), les deux plus importants étant le *p'i-ma* 披麻 [chanvre démêlé] et le *fu* 斧 [à la hache]

tien-t'ai 點苔   ajouter des points pour rendre vivant un trait ou une figure (rocher, arbre, montagne, etc.). Les points eux-mêmes doivent être vivants et variés : « Chaque point est un grain vivant promis à de futures métamorphoses. »

NIVEAU II   OBSCUR (YIN)-CLAIR (YANG)

Ce niveau concerne le travail extensible de l'encre pour marquer les tonalités et, par-là, la distance et la profondeur. De l'encre, la tradition distingue cinq nuances : *Chiao* 焦 [noire brûlée], *nung* 濃 [concentrée], *chung* 重 [foncée], *tan* 淡 [diluée], *ch'ing* 清 [claire] ; ou six nuances formant trois couples contrastifs : *kan-shih* 乾濕 [sèche-mouillée], *tan-nung* 淡濃 [diluée-concentrée], *pai-hei* 白黑 [blanche-noire]. Rappelons que, à côté de l'encre, les couleurs, à base minérale ou végétale, sont utilisées aussi dans la peinture chinoise pour rehausser les effets de l'encre ; un genre spécifique qui se sert de couleurs somptueuses porte le nom de *chin-pi* 金碧 [or-jade].

jan 染   application graduelle de l'encre
hsüan 渲   au lavis
weng 滃   profondément imbibé
p'o-mo 破墨   « encre brisée »
p'o-mo 潑墨   « encre éclaboussée »
chi-mo 積墨   « encres superposées »

NIVEAU III   MONTAGNE-EAU

Ce niveau concerne la structure des principaux éléments d'un paysage à peindre, Montagne et Eau représentant les deux pôles du Paysage. Tout comme pour le simple trait, l'ensemble structuré d'un tableau doit être envisagé comme un corps vivant ; c'est ainsi que pour un paysage donné on parle d'ossature (rochers), d'artères (cours d'eau), de muscles (arbres), de respiration (nuages), etc.

ch'i-shih 氣勢 élan, poussée, lignes de force

lung-mai 龍脈 « artères de dragon », terme provenant de la géomancie et qui a trait à toute la configuration secrète d'un terrain

k'ai-ho 開合 « ouverture-clôture », organisation contrastive de l'espace

ch'i-fu 起伏 « montée-descente », séquence rythmique du paysage

yen-yun 烟雲 « brume-nuage », élément indispensable d'un paysage. Le rôle du nuage n'est pas seulement ornemental. Comme l'a affirmé avec force Han Chuo 韓拙, des Sung, dans son *Shan-shui-ch'un ch'üan-chi* 山水純全集 : « Le nuage est la synthèse des monts et des eaux. » Étant formé de la vapeur d'eau et ayant la forme des monts, le nuage et la brume, dans un tableau, donnent l'impression d'entraîner les deux entités que sont l'Eau et la Montagne dans le dynamique processus du devenir réciproque.

hsü-shih 虛實 vide-plein

yin-hsien 隱顯 invisible-visible

Annexes

NIVEAU IV   HOMME - CIEL

Ce niveau concerne la relation ternaire Homme-Terre-Ciel qui régit le tableau en son entier : ce qui est contenu dans le paysage et ce qui le déborde, ce qui est vu et ce qui donne infiniment à voir.

li-wai 裏外	dedans-dehors, intérieur-extérieur
hsiang-pei 向背	face-dos, endroit-envers
chin-yuan 近遠	proche-lointain, fini-infini
san-yuan 三遠	trois types de perspective qui situent le rapport de l'homme et de l'univers : le *kao-yuan* 高遠 [perspective en hauteur] (le spectateur se trouve au bas de la montagne et élève son regard vers le sommet et ce qui est au-delà), le *shen-yuan* 深遠 [perspective en profondeur] (le spectateur se trouve sur une hauteur et jouit d'une vue panoramique plongeante) et le *p'ing-yan* 平遠 [perspective plane] (à partir d'une montagne proche, le spectateur dirige horizontalement son regard vers le lointain où le paysage s'étend à l'infini)

NIVEAU V   CINQUIÈME DIMENSION

A ce niveau se situe la Vacuité qui transcende l'espace-temps, état suprême vers lequel tend tout tableau inspiré par le vrai. Pour cet ultime niveau, peu de qualificatifs sont adéquats. Il convient de citer deux expressions dont use l'artiste chinois pour juger la valeur d'une œuvre et pour marquer – par-delà toutes les notions du beau – la visée ultime de l'art : le *i-ching* 意境 [densité d'âme] et le *shen-yun* 神韻 [résonance divine].

Un art de vie, un art de vivre

Sans doute n'est-ce point un hasard si la peinture est devenue l'une des plus hautes expressions de la spiritualité chinoise. Durant de longs siècles, inlassablement, les artistes chinois ont entretenu une relation passionnée avec l'univers des vivants. Ils ont cherché à saisir les instants de communion nés de cette relation, qu'ils considèrent comme nécessaire pour l'accomplissement de l'homme, cela par le truchement d'un instrument aussi fragile que magique : le pinceau. La technique du pinceau, liée à une cosmologie spécifique fondée sur la conception organiciste de l'univers, a ainsi favorisé l'épanouissement d'un art, remarquable tant par sa richesse que par sa continuité.

Ce que l'artiste chinois trouve dans la Nature, son interlocutrice privilégiée, n'est pas seulement un ramassis de beaux sites qu'il lui plairait de fixer sur la toile. Plus en profondeur, il y perçoit un ensemble organique d'entités vivantes incarnant les lois fondamentales issues de l'Origine. En résonance avec elles, l'âme humaine est à même de se révéler, et par là de participer à l'irrésistible processus de la Création. Rien de plus concret, rien de plus essentiel. Il est significatif de constater, à ce propos, qu'en chinois, pour désigner l'espace qu'ouvre un tableau, au lieu d'un terme abstrait, on use du mot composé « ciel-terre ». De même, pour désigner un paysage, on a également recours à un mot composé « montagne-eau ». Derrière ces entités – ciel, terre, montagne, eau – quelqu'un, pour peu qu'il soit au fait de certaines notions de la cosmologie chinoise, voit sans peine à l'œuvre les souffles vitaux Yang et Yin dont est mû l'univers créé. Pour saisir l'essence de la peinture chinoise, pour pénétrer les intimes motivations du peintre chinois, il ne serait donc pas inutile de rappeler, fût-ce en quelques lignes, ce qu'est cette cosmologie.

Avant tout, une conception centrée sur l'idée du Tao. Le Tao qui en chinois signifie la « Voie » ne serait autre, justement, que cette « Création en marche » dont l'homme est, nous le verrons, un maillon vital. S'il faut résumer les rouages de base du Tao, nous ne pensons pouvoir mieux le faire qu'en citant une affirmation de Laozi, le « père » du taoïsme, affirmation brève mais décisive contenue dans le chapitre XLII de son *Daode jing* ou *Livre de la Voie et de sa Vertu*.

> Le Tao d'origine engendre l'Un,
> L'Un engendre le Deux,
> Le Deux engendre le Trois,
> Le Trois engendre les Dix-mille êtres.
> Les Dix-mille êtres endossent le Yin,
> Embrassent le Yang,
> Accèdent à l'harmonie
> Par le Souffle du Vide médian.

De ce passage, en simplifiant beaucoup, nous pouvons donner selon la tradition l'interprétation suivante. Le Tao d'origine est le Vide suprême dont émane le Souffle primordial qui est l'Un. Ce Souffle primordial engendre à son tour les souffles vitaux Yin et Yang qui forment le Deux. Ces deux souffles vitaux, par leur interaction, sont virtuellement capables d'engendrer les Dix-mille êtres de l'univers créé. Toutefois, entre le Deux et les Dix-mille êtres se place le Trois. Ce Trois n'est autre que ce qui est nommé dans le dernier vers, à savoir le Souffle du Vide médian. Comme son nom l'indique, ce Souffle tire son origine et son pouvoir du Vide suprême, et dans le même temps, il joue un rôle médian entre les deux souffles vitaux Yin et Yang, les entraînant dans le processus de l'interaction et de la transformation. En effet, sans l'intervention du Souffle du Vide médian, le Yin et le Yang, face à face, resteraient des entités inertes, chacune se complaisant dans son statut propre. Alors qu'avec l'avènement de ce Souffle intermédiaire, creusant entre eux comme une aire d'attraction réciproque et d'échange, ils participent à tout le processus dynamique dont nous parlions. C'est bien ce troisième Souffle qui, par son vide actif et régulateur, permet à la transformation de s'opérer dans l'harmonie. D'après ce qui vient d'être dit, on peut retenir, dans la conception du Tao, l'importance du Vide et du Souffle, tous deux liés, tous deux agissants.

Ajoutons que du Trois, il existe une interprétation, à une époque légèrement plus tardive, avancée par les premiers commentateurs du

Livre des Mutations, de tendance syncrétique teintée de confucianisme. Selon eux, le Trois désignerait le Ciel, la Terre et l'Homme. Cette interprétation, plus concrète, plus incarnée pour ainsi dire, n'est nullement en contradiction avec la première ; elle en découle plutôt. Tant il est vrai qu'il y a correspondance entre les éléments en présence : le Ciel relevant du Yang, la Terre relevant du Yin et l'Homme étant censé capable d'accéder aux vertus du Ciel et de la Terre, et à travers elle, à la dimension du Vide. Ainsi, le « jeu » ternaire Yang-Yin-Vide médian se joue aussi, de façon identique, au sein du trio Ciel-Terre-Homme.

Si nous avons cru nécessaire de consacrer ces quelques lignes à ce qui constitue le fondement de la cosmologie chinoise, c'est qu'à nos yeux, sans certaines de ces notions, on demeurerait plus ou moins à l'extérieur de ce qui fonde la pratique artistique qui nous occupe ici. Nous sommes en présence d'une vue organiciste de l'univers, où le Souffle dit intègre, à la fois matière et esprit, joue le rôle unificateur à tous les niveaux de la Vie, régulant, grâce au Vide médian, l'échange et le change, dont l'Homme est l'un des grands bénéficiaires. Cette vue, outre toutes ses implications pratiques, est cause de cette confiance que l'artiste chinois place dans ses possibilités de communier avec l'essence de la Création, et par là de sonder, jusqu'à un certain degré, les mystères cachés. Elle est cause aussi de cette conscience qui l'habite, que l'accomplissement artistique, dans le sens de l'élévation de l'esprit humain, participe efficacement au Tao. Dans cette optique, rien d'étonnant à ce que l'art pictural soit devenu l'expression privilégiée d'une spiritualité.

Dans l'ordre pictural, le Souffle – dont nous venons de montrer qu'il est à la fois unité de base et « structurateur » de toutes les figures – se manifeste sous forme de Trait de Pinceau. A l'image du Souffle, le Trait de Pinceau, tel qu'il est pratiqué par l'artiste chinois, tout en constituant une unité, contient en germe de multiples virtualités. Il est complétude en soi et promesse de métamorphoses. Car le Trait, tracé au pinceau imbibé d'encre, n'est pas une simple ligne, destinée seulement à cerner un contour. Le pinceau étant fait de poils résistants mais souples, ramenés vers le centre pour former une fine pointe, il permet mille nuances, depuis les tracés les plus subtils, les plus ténus, jusqu'aux empreintes appuyées, massives. Le Trait fondamental qui en résulte, composé d'attaque, de poussée, de finale, se remarque par ses reliefs. Il est doué de vie, telle une cellule vivante. Tous les autres traits en dérivent. Jouant du poignet vide et des doigts mobiles, celui qui trace le Trait et les traits imprime sur papier ou sur soie les moindres frémissements de sa sensibilité. Par ses pleins et ses déliés, sa rigueur et sa grâce, ses emphases et ses envolées, le Trait, en sa forme originelle aussi bien qu'en ses métamorphoses, implique volume et mouvement, teinte et rythme. Pareil au Souffle dont il se veut une traduction visuelle, il est donc à sa manière l'Un et le Multiple, l'Origine et la Transformation. D'où la théorie de l'Unique Trait de Pinceau, prônée dès le VIIIe siècle par un Zhang Yanyuan et perfectionnée par un Shitao au XVIIe siècle. Selon cette théorie, celui qui possède le Trait fondamental possède de fait tous les autres traits de pinceau puisque ceux-ci, nous l'avons dit, ne sont que des engendrements à partir de celui-là. Possédant l'unique Trait de Pinceau, l'artiste possède en quelque sorte le principe de vie ; et s'appuyant sur ce principe, il est à même de susciter des formes vivantes au gré de ses tracés.

C'est ici qu'il convient de mentionner l'élément qui a contribué de façon décisive à fonder cet art du trait : l'écriture idéographique et la calligraphie qui lui est inhérente. Ce qu'est le système idéographique chinois, il n'est nullement question, bien entendu, de l'expliquer dans le cadre du présent article. Précisons, pour notre propos, que, justement, les idéogrammes sont composés de traits. Ceux-ci, par leurs combinaisons, forment d'innombrables signes qui étaient censés, à l'origine, représenter l'image des choses. Mais à mesure que l'écriture avait évolué des pictogrammes vers les idéogrammes, les traits combinés ne visaient plus à cerner seulement l'aspect extérieur des choses ; ils s'efforçaient de suggérer la façon dont l'être des choses est incarné, ou les relations subtiles que les choses entretiennent entre elles. Ainsi le mot « lumière » est composé de soleil et lune mis côte à côte ; le mot « bien » est composé de femme et enfant réunis ; le verbe « résister » est visualisé par un œil fermement campé, comme pour dire « regarder droit dans les yeux » ; le verbe « se reposer », lui, est suggéré par un homme placé à côté d'un arbre. A travers ces exemples, on voit que le propos des idéogrammes est d'appréhender les choses non selon leur apparence, mais selon leur esprit qui dénote une façon d'être. Et l'ensemble des idéogrammes constituant un tout organique tend

Annexes

à une figuration sinon une interprétation généralisée de l'univers des vivants.

Comment un tel ensemble de signes comportant une cohérence et une fin en soi n'aurait-il pas suscité une pratique destinée à en magnifier la richesse signifiante et la beauté visuelle ? De fait, il contenait en germe l'art calligraphique qui n'avait eu de cesse qu'il ne voie le jour. Encore a-t-il fallu attendre, entretemps, que les différents styles d'écriture aient pu se développer. Styles variés, les uns marqués par un puissant ordonnancement, les autres par la souple délicatesse. L'étape ultime sera atteinte avec la naissance du style dit « de l'herbe », cela pour le bonheur des calligraphes. Dans sa réalisation, ce style est bien le plus libre, le plus rapide, le plus spontané, et dans le même temps, le plus rythmé, le plus contrasté, le plus tendu vers l'expression totale. Si, dans d'autres styles, l'artiste exprime les divers registres de sa sensibilité, dans ce dernier, par une gestuelle « rhapsodique », il se livre entièrement. Il donne libre cours à ce qu'il porte en lui, tout en signifiant les choses que figurent les idéogrammes. On peut dire que, là, la pulsion de l'homme rejoint la pulsation du monde.

En Chine, tout peintre a donc intérêt à être d'abord calligraphe. Il se doit de l'être. En maîtrisant la calligraphie, il domine l'art du pinceau ; c'est là une évidence. Mais il y a plus. Car par la calligraphie, il s'initie en outre aux lois de la composition. On sait que chaque idéogramme est une unité autonome, occupant un espace carré. Les traits qui le composent s'organisent autour d'un centre, de sorte que chaque idéogramme dont la structure est faite de contraste et d'équilibre propose chaque fois un modèle, ou un « patron », pour un type de composition, en superposition, en parallèle, en diagonale, en décentré, en constellation, etc. Le fait de tracer des milliers d'idéogrammes, différents dans leur structure mais exigeant la même précision dans leur réalisation, confère à l'artiste une véritable virtuosité spontanée pour agencer les diverses parties d'un tableau.

En vue de devenir peintre, celui qui a maîtrisé ainsi la calligraphie s'efforcera bientôt de diversifier ses traits en dessinant les éléments simples de la nature, d'autant que la familiarité avec les idéogrammes lui a appris comment saisir les choses par leurs traits essentiels. S'appuyant sur le modèle des Anciens aussi bien que sur de patientes observations auprès de la nature, il dessine d'abord pierres et rochers, puis tiges de bambou, longues feuilles d'orchidées, branches de prunus ou de saule. Toutes ces figures dont les structures internes sont faites de traits proches de ceux des idéogrammes. Pour les dessiner, le peintre use de « traits modelés », lesquels, de types variés, portent des noms très imagés : « Pierre d'alun » ; « fragment de jade » ; « dent de cheval » ; « crâne de squelette » ; « peau de diable » ; « fagot emmêlé » ; « chanvre éparpillé » ; « grains de sésame », etc. Que l'étude de pierres et de rochers soit devenue l'exercice de base pour les traits paraît naturel aux yeux d'un peintre chinois. Le rocher, par la qualité plastique de son volume, l'incite à douer ses traits tracés de relief et de profondeur, qu'il rehausse avec un subtil travail d'encre. De plus, pareil à toutes les composantes de la nature conçues par la cosmologie comme des condensations du souffle, le rocher est vivant. Mû par la respiration, nourri de brume et de vent, il est capable de métamorphoses. Poètes et peintres, d'ailleurs, le baptisent du beau nom de « racine des nuages ». Constamment travaillé par l'énergie du sol et du ciel, il offre de multiples facettes, incarne de multiples attitudes : de placidité comme de tourment, de tendresse comme de sauvagerie. En lui peuvent cohabiter des vertus complémentaires : patiente intransigeance et accueillante ouverture. Il n'est pas exagéré de dire que dans la peinture chinoise le rocher jouit du même statut que celui du corps humain dans la peinture occidentale. De l'étude de pierres et de rochers, d'autres études ne sont que des prolongements où le peintre, consolidant sa capacité du dessin, cherche toujours à capter, comme dans le rocher, la double qualité esthétique et « éthique » des choses : rigueur et droiture du bambou grâce et humilité des feuilles d'orchidées.

Rompu ainsi à l'art du trait et aux lois de la composition, le peintre aborde enfin la peinture dans une disposition qu'on peut qualifier de souveraine. Tout en restant fidèle au réel qu'il a pu longuement intérioriser, il est débarrassé d'un trop grand souci de mimétisme. Tout comme dans la calligraphie, le réel qui apparaît là, sur papier ou sur soie, est à la fois une empreinte du dehors et un surgissement intérieur. Au travers des traits qui s'engendrent et s'enchaînent, le peintre suscite des figures vivantes plutôt qu'il ne les décrit ; il les laisse exister, se former, plutôt qu'il ne les cerne, les fixe. On assiste à un processus dans lequel l'homme cherche à imiter non tant le monde créé que le geste démiurgique du Créateur ; c'est sa manière humble mais consciente de participer à une Création continue conçue comme le Tao. Participation en effet. La rencontre du peintre avec la Nature n'est pas tendue, répétons-le, vers le but de reproduire ; elle se traduit par la communion dans l'essentiel, dans cette part où l'homme et sa partenaire sont mûs par le même élan vital, portés par le même souffle rythmique. La règle d'or, « animer le souffle rythmique », proposée par Xie He au Ve siècle, est là pour le démontrer. Peindre est devenu un acte qui permet à l'homme et au monde créé d'entrer dans un commun devenir, et par là de s'accomplir dans le temps. Le tableau qui en résulte est un instant-lieu où les virtualités ascendantes du réel s'actualisent. Les figures qui y viennent au jour doivent pouvoir continuer leur trajet d'être et de transformation. D'où l'importance du Vide médian, souvent teinté d'infinies nuances que donne l'encre diluée, dont tout tableau chinois est habité. Le Vide ici, tel qu'il est vécu par la pensée chinoise, n'est pas une entité inerte. Il est éminemment dynamique et « porteur », dans la mesure où, justement, il est le lieu où s'animent et se régénèrent les souffles, où s'opèrent les échanges et les mutations, où le fini débouche sur l'infini. Avec lui, l'espace pictural se présente comme un véritable « champ magnétique » au sein duquel les êtres adviennent, s'attirent entre eux et se révèlent présences. Le tableau ainsi offert ne se propose pas comme un simple objet à regarder ; il invite le spectateur à y pénétrer, à y vivre. Ce qui explique peut-être cette « résonance intime » et cette « respiration aérienne » de la peinture chinoise : une figuration des plus concrètes et dans le même temps éthérée, insaisissable, telles des images nées d'une vision, ou d'une méditation.

Cherchant à exprimer le monde vivant dans toute sa variété, la peinture chinoise ouvre un large éventail thématique. Si à l'origine avait primé la représentation des personnages, ce genre a ensuite cédé la place, comme nous avons pu le voir, à la figuration des éléments de la nature : les rochers, les arbres, les fleurs, les oiseaux, ainsi que d'autres animaux ou insectes, toujours saisis en leur lieu de vie. La réalisation la plus complète demeure cependant le paysage, dans lequel est intégrée parfois la figure humaine. A propos du paysage, il convient de préciser, une fois encore, qu'il ne s'agit pas d'une peinture « paysagiste » dont le propos serait de représenter quelques sites connus que la mémoire aime à fixer, ou quelques scènes agréables à contempler. Au sens plénier du mot, le paysage que le peintre réalise, pour réel qu'il soit, doit être, en sa plus haute aspiration, un lieu transfiguré où l'esprit de l'homme est à même de s'épanouir, de se dépasser. On se souvient qu'en chinois le paysage se dit « montagne-eau ». Rien d'étonnant donc, parmi les paysages, que cette récurrence de vues de montagne – qu'accompagne souvent la présence de l'eau – qui frappe chaque visiteur d'une exposition de tableaux chinois. Une quête aussi passionnée du « sol qui s'élève vers le haut » s'explique par le fait que la montagne, dans l'imaginaire chinois, forme une entité complète. Elle est l'emblème de l'élévation, lieu d'échanges entre Terre (Yin) et Ciel (Yang). Ce dialogue Terre-Ciel sert par ailleurs de modèle à tous les autres dialogues qui s'instaurent en son sein, entre rochers et arbres, entre source et nuage. Par sa complétude, la montagne « résume » en quelque sorte les multiples « poussées internes » ou « intentions cachées » de la Nature. Par ailleurs, ajoutons qu'on a attribué à la montagne comme à l'eau des qualités qui trouvent leur correspondance avec les vertus de l'homme. A ce propos, écoutons Confucius :

> A l'homme d'intelligence plaît l'eau ;
> A l'homme de bonté, la montagne.
> A l'un le mouvement,
> Et à l'autre le repos.
> L'homme d'intelligence vit heureux ;
> L'homme de bonté vit longtemps.

Lorsque l'on n'est pas pénétré de cette compréhension du rapport de l'Homme et de la Nature, on perd assurément beaucoup de ce qui fait le sens profond de la peinture chinoise. Ici, une question pourrait surgir : quel est en fin de compte le critère selon lequel la tradition chinoise détermine la valeur d'une œuvre ? Ou encore quelle était pour elle la notion de la beauté ? La réponse se trouve dans la longue série de traités d'esthétique que les siècles nous ont légués. Il en ressort ce que nous avons tenté de mettre en avant tout au long de cet article : la création artistique, plus qu'un agrément ou un exutoire, est une forme d'accomplissement pour l'homme. Dans cette optique, l'idée du beau dans l'art est inévitablement liée à celle du vrai. Étant entendu cependant que ni le beau ni le vrai ne sont une donnée figée dans un état statique, l'un comme l'autre ayant une source commune qui est, comment ne pas l'affirmer une fois de plus, le Souffle. Celui-ci, qui occupe une place si centrale dans la cosmologie, est bien ici aussi, aux yeux des auteurs des traités, le critère selon lequel on peut juger des œuvres d'art. Ces auteurs n'ignoraient certes pas les multiples états par lesquels la beauté se manifeste, ni la variété des goûts suivant lesquels les hommes envisagent la beauté. Ils se sont effectivement employés à les différencier, à les décrire. Cela ne leur a pas interdit, tout de même, de proposer une hiérarchie de valeurs, assez fondamentale pour qu'elle semble pouvoir nous être significative encore aujourd'hui. Cette hiérarchie est établie d'après la manière dont une œuvre est mue par le Souffle, ou les souffles, lesquels s'y structurent selon au moins trois modes, concourant à la qualité d'une œuvre. Tous trois portent un nom à la sonorité musicale : *yin-yun*, « souffles combinés » ; *qi-yun*, « souffles rythmiques » ; *shen-yun*, « souffles transfigurés, résonance divine ». Les traductions proposées ici nous suggèrent qu'une œuvre authentique est un espace où se croisent les souffles Yin et Yang engendrant un ensemble chargé de potentialités vitales ; où cet ensemble atteint la tension rythmique, gage de sa viabilité ; où, enfin, s'opère en lui la transmutation en un état supérieur, sa part de « résonance divine ». Ce qui se révèle à travers ces exigences qualitatives est la conviction que la beauté est tout sauf un canon codifié et univoque. Dynamique, elle est avant tout rencontre et devenir : rencontre à tous les niveaux, entre les éléments constitutifs d'un sujet, et entre ce sujet et un autre sujet, cela sous le double signe du contraste et de l'harmonie ; devenir tendu vers son propre dépassement qui est sa transfiguration.

La spécificité de cette peinture ne nous empêche pas, afin de la rendre plus proche à un spectateur occidental, de risquer un certain rapprochement, sans ignorer ce que cela peut comporter éventuellement d'artificiel. Rapprochement entre cette peinture et celle des impressionnistes, convaincus que nous sommes que ce désir humain de renouer le dialogue en profondeur avec la Nature est universel. D'autant plus que d'un point de vue historique, c'est bien à partir de la fin du XIXe siècle qu'a commencé la lente interpénétration artistique entre l'Orient et l'Occident. Malgré la différence de posture et de moyen, n'y a-t-il pas après tout le même effort pour re-créer l'espace vivant au travers du temps vécu ? N'y a-t-il pas le même désir irrépressible de re-susciter l'atmosphère d'une saison, d'un jour, d'appréhender les formes aux prises avec la fugacité des brumes et des nuages, et de faire résonner une tonalité qui chante ? Si distance il y a entre les deux peintures, ce serait, une fois de plus, dans le traitement et la visée ultime. Tandis qu'un Monet, à l'œil analytique incomparable, toujours fasciné par les substances et les effets de lumière, restitue le tout par accumulation et mélange de couleurs, un Mi Fu, ou un Mi You-jen (fils de Mi Fu, et dont un tableau figure dans cette exposition), habité par la nostalgie et hanté par l'Origine, s'ingénie à se dépouiller davantage, à s'alléger de poids superflus, à ne plus s'embarrasser d'ombres…

Nous venons de réintroduire l'art pictural dans le temps vécu. C'est l'occasion pour nous de préciser que la peinture chinoise ne s'est pas développée dans un cadre intemporel. Tout en se référant constamment à une conception fondamentale, elle a connu, au gré des bouleversements dynastiques, des évolutions. De façon successive ou concomitante, elle a connu le style classique et le style baroque, une tendance plus réaliste et une tendance plus tonaliste, pour aboutir à un courant dominant dit *xieyi*, « librement inspiré », où s'affirment manière et expression individuelles. Si cette peinture a une origine qui remonte à plusieurs milliers d'années, elle trouve sa source, en tant que tradition autonome et consciente de son pouvoir, dans l'œuvre d'un Gu Kaizhi (344-406) ou chez les anonymes qui se sont illustrés dans les grottes bouddhiques de Dunhuang. Les pièces que possèdent les grands musées aujourd'hui constituent donc un corpus complexe et continu qui s'échelonne sur une quinzaine de siècles. Cette continuité et cette richesse sont la marque même de la prestigieuse collection du musée du Palais de Taipei. Certains chefs-d'œuvre de la collection – tels le *Voyage entre montagne et rivière* de Fan K'uan et l'*Avant-printemps* de Guo Xi – considérés comme le sommet de la peinture chinoise, ne quittent jamais leur lieu de conservation. D'autres, exposés l'année dernière aux États-Unis, sont « au repos » pour un moment. Cela n'empêche pas les cent huit pièces de cette exposition, comportant également de superbes calligraphies, de former un ensemble tout à fait exceptionnel. La plupart d'entre elles, lumineuses de vérité intérieure, pure musique silencieuse, sont montrées pour la première fois en Occident. A ce seul titre, elles constituent une révélation.

Comment ne pas souligner cependant que ce qui est donné à voir ici fait partie d'un héritage plus que fragile, que le temps a sauvé au milieu d'un océan de pertes. L'artiste chinois travaille sur une matière précaire, comme s'il consentait, par avance, à ce que son œuvre ne soit qu'un « moment » de la Création. Comme s'il savait que cette précarité même rend la vision captée plus précieuse, il invite le futur spectateur à la vivre chaque fois comme unique. On sait que le tableau chinois, sauf en album, se présente sous forme de rouleau, vertical ou horizontal. Lorsqu'on veut le contempler, on doit d'abord entreprendre de le dérouler. Le déroulant on déploie, à chaque fois, un espace-temps, celui même vécu par l'artiste. Et au cours de ce lent déroulement, avant de jouir de la vision entière où il devient partie intégrante, le spectateur revit au fur et à mesure les êtres et les instants, en savourant le moindre trait de pinceau, la moindre tache d'encre. Le plaisir est d'autant plus durable que le déroulement total est retardé. Surtout lorsqu'il s'agit d'un de ces tableaux portant le titre *Monts et fleuve sur dix mille li*. En fin de rouleau, toutes les figures, après avoir atteint leur point culminant de densité, se décantent peu à peu et finissent par se laisser résorber par le Vide, là où l'eau et le ciel se rejoignent, où l'esprit de l'homme s'adonne à la randonnée infinie*.

---

* Texte paru dans le catalogue de l'exposition « Trésors du Musée national du Palais », 1998, Réunion des Musées nationaux.

Le temps dans la peinture chinoise

On connaît l'importance de la notion de Vide-Plein dans la structure de l'art pictural chinois. Elle régit, dans un tableau, la formation du trait, le rapport entre les traits, la combinaison des tonalités, l'agencement des éléments peints en vue de la composition d'ensemble, ainsi que la perspective aérienne si particulière à la peinture chinoise. Ce que nous venons d'indiquer a trait avant tout à l'Espace, comme il est normal, d'ailleurs, s'agissant d'un art essentiellement spatial.

Nous nous proposons pourtant de mener ici une réflexion sur le problème du Temps dans la peinture chinoise. En effet, au cours de nos lectures des textes théoriques chinois accumulés le long des siècles, notre attention a été attirée par l'idée émise par de nombreux auteurs, idée – liée elle aussi au fonctionnement du Vide – de l'Inachevé et du Devenir qui se réfère au Temps.

Intégrer le Temps dans la représentation spatiale a toujours été une préoccupation plus ou moins consciente des artistes chinois classiques, dans la mesure où la visée de leur pratique n'était pas tant de fixer quelque site (ou scène) privilégié que de créer un microcosme organique correspondant au macrocosme du Tao, et dans lequel il leur importait d'imiter, plus que le monde créé, le geste même de la Création. A la base de leur pratique résidait une conception organiciste de l'univers où les souffles vitaux étaient censés relier tous les êtres et leurs agirs dans un *chou-liu* [circulation universelle] comportant d'incessantes transformations internes, comme dans une sorte de cosmogénèse continue au sein de laquelle le Temps ne serait autre que l'Espace en mutation, et l'Espace le Temps momentanément en repos.

Pour réaliser la représentation de cet Espace-Temps dynamique, les peintres ont eu recours à divers procédés dont les deux principaux étaient les suivants :

– *Inscription d'un poème ou d'un texte dans le tableau*. Les signes calligraphiques qui habitent l'espace vide du tableau, tout en se combinant plastiquement avec les éléments peints, y introduisent, par leur nature linéaire relatant une expérience vécue ou rêvée, une dimension proprement temporelle.

– *Long rouleau horizontal représentant un paysage étendu sur « dix mille li »*. A mesure que le rouleau est déroulé, le paysage peint, entrecoupé de vides médians, se révèle à la fois comme Espace déployé et comme Temps vivant et réversible au rythme apprivoisé.

Ces deux procédés, nous avons déjà eu l'occasion de les étudier plus à fond ailleurs. Dans le présent texte, nous voudrions pousser plus loin notre observation, à travers certains écrits décisifs, en mettant en avant un aspect plus subtil, plus implicite, aspect interne à la composition même d'un tableau, à savoir l'idée de l'Inachevé et du Devenir que nous avons mentionnée plus haut. Cette idée reflète le souci de l'artiste chinois de maintenir les figures peintes d'un tableau dans leur processus vital d'évolution ou de métamorphose, autrement dit de laisser au tableau son autonomie organique, ainsi que sa chance d'accomplir de lui-même, en tant qu'entité vivante, son destin temporel.

Ainsi, dans un tableau, les arbres et les fleurs, par exemple, tout en incarnant le temps vécu par le peintre, doivent-ils donner l'impression de continuer leur propre cycle de croissance ou de décroissance. Pour un paysage de plus ample dimension et impliquant une durée plus cosmique, l'artiste a souci également d'y introduire l'idée de transformations internes et de faire sentir, par exemple, que l'eau peut virtuellement s'évaporer en nuage et qu'inversement le nuage peut virtuellement retomber en eau, ou encore que les montagnes sont capables à la longue de se muer en vagues et les vagues de s'ériger en montagnes. Il en résulte qu'un tableau de paysage est souvent marqué par un mouvement mobile d'expansion et de circularité, ce qui correspond justement à la conception spatio-temporelle de la cosmologie chinoise, laquelle, rappelons-le sous peine de répétition, n'envisage point un espace statique ou figé ni un temps en ligne droite ou en pure perte (ces deux entités étant, elles aussi, dans une relation de devenir réciproque). Pour parvenir à ce résultat, l'artiste use justement de tout le jeu du Yin et du Yang, des vides et des pleins pour ménager, au sein d'un espace constitué, des éléments en secrète mutation, cela à tous les niveaux, depuis un point, un tracé de trait, une nuance d'encre, jusqu'à l'organisation du tableau dans son entier.

Citons ici une phrase de Huang Pin-hung (1844-1955), l'un des derniers peintres-théoriciens de la grande tradition classique : « Le moindre point – à plus forte raison d'autres types de traits – doit être pareil à un grain vivant qui garde toute sa chance de pousser. » Par ailleurs, comparant un tableau peint à un jeu d'échecs qui continue, il dit :

> Peindre un tableau, c'est comme jouer au jeu de Go. On s'efforce de disposer sur l'échiquier des « points disponibles ». Plus il y en a, plus on est sûr de gagner. Dans un tableau, ces points disponibles, ce sont les vides (…) Il y a le grand Vide et les petits vides par quoi l'espace se contracte et se dilate à souhait. C'est en faisant allusion à cela que les Anciens disaient : « L'espace peut être rempli au point que l'air semble ne plus y passer, tout en contenant des vides tels que des chevaux peuvent y gambader à l'aise ! »

Ces propos de Huang Pin-hung répondent, par-dessus les siècles, à certaines affirmations de Chang Yen-yuan, dans son *Li-tai ming-hua chi*, ouvrage fondateur qui, vers la fin du VIIIe siècle, faisait la synthèse des théories précédentes et jetait les bases de la pensée esthétique chinoise. Nous pensons notamment aux deux passages suivants :

> Le Yin et le Yang, par leur interaction, façonnent et cuisent toutes choses. Les dix mille phénomènes s'agencent et se disposent en conséquence. La transformation mystérieuse de la Création ne se révèle plus par la parole, cependant que la Nature poursuit son œuvre d'elle-même. Herbes et plantes manifestent leur splendeur sans rien devoir aux couleurs dérivées du jaspe et du cinabre. Nuages et neiges flottent ou tourbillonnent ; leur blancheur ne doit rien au blanc de céruse. La montagne est naturellement turquoise sans faire appel au bleu d'azur ; de même que le phénix est iridescent sans avoir recours aux Cinq Couleurs. Aussi suffit-il au peintre d'user de tout le pouvoir de l'encre pour réaliser l'« idée » (ou l'« essence ») des Cinq Couleurs. En revanche, s'il s'attache ser-

vilement aux Cinq Couleurs, alors la figure des choses qu'il représente sera faussée.
En peinture, on doit éviter le souci d'accomplir un travail trop appliqué et trop fini dans le dessin des formes et la notation des couleurs, comme de trop étaler sa technique, la privant ainsi de secret et d'aura. C'est pourquoi il ne faut pas craindre l'inachevé, mais bien plutôt déplorer le trop-achevé. Du moment que l'on sait qu'une chose est achevée, quel besoin y a-t-il de l'achever ? Car l'inachevé ne signifie pas forcément l'inaccompli ; le défaut de l'inaccompli réside justement dans le fait de ne pas reconnaître une chose suffisamment achevée. Concernant la valeur des œuvres, il y a, occupant la place suprême, l'œuvre « en soi » (comme la Création elle-même). Puis vient l'œuvre divine. Au-dessous de l'œuvre divine, on trouve l'œuvre merveilleuse. A défaut d'être merveilleuse, une œuvre peut être raffinée, ou, à un degré moindre encore, appliquée. L'œuvre « en soi » constitue donc le degré supérieur de la catégorie la plus haute. L'œuvre divine et l'œuvre merveilleuse, elles, constituent respectivement le degré médian et le degré inférieur de cette catégorie. Quant à l'œuvre raffinée et à l'œuvre appliquée, elles appartiennent à la catégorie secondaire. J'ai établi ces cinq degrés pour embrasser les Six Canons et représenter tous les degrés d'excellence. Car, à l'intérieur des cinq degrés, on pourrait distinguer quelques centaines d'autres degrés, mais on ne saurait en épuiser le nombre.

Dans la peinture de Ku K'ai-chih, les traits sont serrés et vigoureux ; ils se relient les uns aux autres, obéissant à un mouvement circulaire sans cesse renouvelé. Le style en est souverain et aisé, le rythme rapide comme vents et éclairs. Avant d'attaquer une œuvre (ou de tracer le moindre trait), le peintre en possède le *i* [idée, désir, intention, conscience agissante, juste vision] ; aussi, une fois l'œuvre achevée, le *i* subsiste et la prolonge. C'est pourquoi la peinture de Ku est toujours animée par le *shen-ch'i* [souffle-esprit].

En affirmant la primauté du Souffle et de l'Idée, en prônant l'Inachevé comme forme suprême de l'accomplissement, l'auteur n'accorde de valeur qu'aux œuvres qui, continuant à se parfaire d'elles-mêmes, dépassent leur propre représentation visuelle et se « prolongent » indéfiniment dans le Temps.

A l'époque des Sung, si un Kuo Hsi (1001-1090), déjà, par sa théorie de Trois Distances, par sa description minutieuse de l'alternance des saisons et par sa proposition qu'un paysage peint doit permettre à l'homme d'y effectuer des séjours durables ou des randonnées à l'infini, suggérait éminemment une représentation à double dimension spatiale et temporelle, c'est à Su Tung-po (1035-1101), toutefois, que l'on doit les propos les plus décisifs que voici :

> Parlant de la peinture, j'ai l'habitude de dire que, si certaines choses possèdent une forme constante – telles que figures humaines et animaux, bâtiments et ustensiles, etc. – il en est d'autres – montagnes et rochers, arbres et bambous, cours d'eau et vagues, brumes et nuages, etc. – qui n'ont pas de forme constante, mais sont douées d'un *li* [principe interne constant].
> Lorsqu'il y a défaut dans la représentation de la forme constante, tout le monde peut s'en rendre compte ; en revanche, une faille dans la structure du principe interne n'est pas aisément perçue, même par un connaisseur. C'est d'ailleurs pourquoi tant de peintres médiocres, afin de tromper le monde, cherchent à peindre des choses n'ayant pas de forme constante. Or, un défaut dans la représentation de la forme extérieure n'affecte souvent qu'une partie de la composition, alors qu'une inadéquation dans le principe interne ruinera à coup sûr l'effet de l'ensemble. Du fait même que ces choses ont une forme non constante, il faut d'autant plus, pour les représenter, tenir strictement au principe interne constant. Toutefois, il n'est donné qu'aux rares artistes supérieurs d'y parvenir. Le peintre Yü-k'o fait partie de ceux-là. Ses bambous, ses rochers et ses arbres dénudés, dans leur façon spécifique de croître, de dépérir, de se ramasser ou de

se déployer, sont toujours conformes au *li*. Il n'est rien de ce qui les compose – racines, tiges, joints, feuilles, pousses pointues, nervures ramifiées – qui n'obéisse aux lois de la transformation. Les éléments surgissent par engendrement interne et continu ; chacun se trouve toujours à sa juste place. Tout en comblant l'esprit humain, l'œuvre de Yü-k'o épouse la voie même du Ciel.

A sa naissance, lorsque le bambou n'est qu'une pousse haute d'un pouce, celle-ci possède déjà tout ce qui caractérise un bambou, à savoir des joints et des feuilles. A mesure que le bambou grandit, se défaisant peu à peu de ses écorces (à l'image d'une cigale se dégageant de sa chrysalide ou d'un serpent se dépouillant de ses écailles), jusqu'à atteindre une hauteur de quatre-vingts pieds, il ne fait que développer ce qu'il a de virtuel en lui. Or, les peintres d'aujourd'hui, pour dessiner un bambou, procèdent par addition ; ils dessinent joint après joint et ajoutent une feuille à une autre. Cela est contraire à la loi vitale du bambou.

> Lorsque Yü-k'o peignait un bambou,
> Il voyait le bambou et ne se voyait plus
> C'est peu dire qu'il ne se voyait plus ;
> Comme possédé, il délaissait son propre corps.
> Celui-ci se transformait, devenait bambou,
> Faisant jaillir sans fin de nouvelles fraîcheurs.
> Chuang-tzu, hélas, n'est plus de ce monde !
> Qui conçoit encore un tel esprit concentré ?

En recommandant au peintre de ne pas se contenter de figurer des formes extérieures et fixes, en leur enjoignant de capter les choses toujours en leur origine et en leur devenir, Su Tung-po, dont l'influence sera grande, affirme, à sa manière, la nécessité d'intégrer la Durée vitale dans la peinture.

Annexes

Sous les Ming, la plupart des théoriciens mettaient l'accent sur le travail du pinceau et de l'encre, lesquels, par leurs combinaisons savantes, leurs omissions voulues, la respiration des traits et l'irradiation des tons, devaient conférer au tableau une virtualité de transformation interne ou une aura de mystère sans cesse renouvelé. Le plus important de ces théoriciens était sans doute Li Jih-hua (1565-1635) qui résumait leur pensée dans les trois passages suivants :

> Les Anciens, lorsqu'ils dessinaient un arbre ou un rocher, distinguaient la face et le dos, la position droite et la position oblique, etc. Ils ne négligeaient aucun coup de pinceau, mais en ayant toujours en vue la vision d'ensemble. S'agissant de la représentation d'une forêt profonde ou d'un cours d'eau aux nombreux méandres, ils faisaient appel aux brumes et nuages pour en accentuer l'impression de profondeur, aux pierres éparses et bancs de sable dispersés pour en marquer la distance.
> Dans leurs tableaux, au sein d'une présence unifiée, et comme insondable, présence créée par un savant travail de l'encre, on décèle aisément des structures appropriées conçues à l'avance ; inversement, la solidité du fond n'entrave en rien le mouvement vivace de l'ensemble. Suivant les sujets, la composition peut être compacte, sans tomber dans le défaut de l'encombrement ; ou aérée, sans tomber dans l'inconsistance. Par leur double qualité *k'ung-miao* [vide et merveilleux], par le processus de transformation interne qu'elles comportent, leurs œuvres s'apparentent à la Création même. Beaucoup de peintres d'aujourd'hui se contentent de suivre des recettes en dessinant mécaniquement une feuille après une autre, une figure après une autre. Ce n'est plus de la peinture. Autant recourir à un artisan graveur !

> Pour la figuration d'un objet ou la représentation d'une scène, plus que le *hsing* [forme extérieure], il importe de saisir le *shih* [lignes de force] ; plus que le *shih*, il importe de saisir le *yun* [rythme ou résonance] ; plus que le *yun*, il importe de saisir le *hsing* [nature ou essence]. La forme extérieure relève du rond, du carré, du creux, du plat, etc. ; elle peut être entièrement rendue par le pinceau. Les lignes de force, elles,

résident dans la poussée interne dont l'objet est animé, avec son mouvement continu ou syncopé, circulaire ou brisé ; le pinceau peut également les cerner, mais mieux vaut qu'il ne le fasse pas de façon trop complète. Afin de douer l'objet d'une aura, le peintre doit avoir souci d'intégrer le virtuel dans son travail du pinceau et de l'encre. Au-delà des lignes de force, il y a, nous l'avons dit, la résonance, que seul un esprit libre et souverain saura capter. Quant à l'essence, elle est ce qui relie tout objet (ou sujet) à son Ciel en soi. Le peintre l'appréhende, non par un acte uniquement volontaire, mais par l'illumination, laquelle ne pourra survenir que si le peintre a maîtrisé totalement son art.

En peinture, il importe de savoir retenir, mais également de savoir laisser. Savoir retenir consiste à cerner le contour et le volume des choses au moyen de traits de pinceau. Mais, si le peintre use des traits continus ou rigides, le tableau sera privé de vie. Dans le tracé des formes, bien que le but soit d'arriver à un résultat plénier, tout l'art de l'exécution réside dans les intervalles et les suggestions fragmentaires. D'où la nécessité de savoir laisser. Cela implique que les coups de pinceau du peintre s'interrompent (sans que le souffle qui les anime le soit) pour mieux se charger de sous-entendus. Ainsi une montagne peut-elle comporter des pans non peints, et un arbre être dispensé d'une partie de ses ramures, en sorte que ceux-ci demeurent dans cet état en devenir, entre être et non-être.

Les peintres théoriciens des Ts'ing, dans leur poursuite de la grande tradition classique, revenaient beaucoup sur le problème de la composition. Ils faisaient grand cas des notions par couple telles que « Vide-Plein », « Yin-Yang », « Ouverture-Clôture », « En avant-En arrière », « En montée-En descente », « De face-De dos », etc. Ces notions s'organisent autour de l'idée centrale de *lung-mai* [Veines de dragon] ; elles incarnent l'idéal d'une peinture à la fois structurée et ouverte. Compte tenu du thème qui nous préoccupe, nous citons de Shen Tsung-ch'ien (XVIIIe siècle) un texte essentiel, dans lequel l'auteur, de façon explicite, parle de la composition

Annexes

d'un tableau, non comme d'un réseau de plans, mais comme d'une succession de saisons :

> A l'instar de tous les êtres vivants qui obéissent à l'universel mouvement d'ouverture et de fermeture, la peinture, elle aussi, fonde l'une de ses lois de composition sur l'opposition *k'ai-ho* [ouverture-clôture]. Dans un rouleau vertical, par exemple, l'ouverture, c'est la partie inférieure où l'on commence un tableau ; la clôture, c'est la partie supérieure où l'on clôt un tableau. Là où l'on commence, on dessine des rochers ou des arbres ; on place ici une maison, là un pont, plus loin une source ou un chemin. Tous ces éléments, chacun en son devenir, composent une scène en pleine expansion, d'où l'idée d'ouverture. Mais, dans la partie supérieure, il s'agit de prendre en charge, de bien terminer tout ce qui monte depuis le bas (montagne, brume, etc.) ou ce qui tend vers le lointain (plage, îlots, etc.), d'où l'idée de clôture. Pour illustrer cette notion d'ouverture-clôture, on peut encore user d'une image temporelle, en comparant les parties d'un tableau à différentes saisons. C'est ainsi que la partie du bas d'un tableau correspond au printemps où la nature s'éveille et se développe ; la partie du milieu à l'été où la nature s'épanouit et mûrit ; et la partie du haut à l'automne et à l'hiver où la nature se ramasse et se recueille, en vue du renouveau. Rappelons que, à l'intérieur même d'une saison, il y a le mois (la lune) avec sa croissance et sa décroissance ; il y a le jour avec sa période diurne et sa période nocturne. Et toutes choses, par leur respiration et leur pulsation, incarnent à chaque instant cette loi d'ouverture-clôture. Dans un tableau, le moindre arbre, le moindre rocher doivent le faire de même.

Ainsi, le Vide dont le tableau est habité et qui le prolonge est-il conçu en Chine comme un Espace-Temps grâce à quoi les traits tracés rejoignent le courant vivifiant et jamais interrompu du Tao. Au XVIIIe siècle, le grand peintre Cheng Hsieh inscrivit, dans un de ses tableaux de bambous, les vers suivants :

> Le tableau se trouve certes à l'intérieur du cadre du papier, mais en même temps il le déborde infiniment. Ainsi, dans

ce tableau de bambous où sont montrées surtout les tiges et à peine les feuilles, comme on devine pourtant, au-delà du papier, la présence plus durable de ces feuilles [invisibles] frémissantes de vent et de pluie, ou lourdes de brume et de rosée !

Index des noms

Cha Li : 99, 153
Chang Chih : 26
Chang Hsü : 27
Chang Seng-yü : 25, 26, 28, 29, 102
Ch'ang-sun Tso-fu : 123
Chang Tsao : 105
Chang Yen-yuan : 14, 23, 151, 175
Chao Meng-fu : 80, 146
Chao Sung-hsüeh (Chao Meng-fu) : 146
Chao Wen-min (Chao Meng-fu) : 80
Chao Wu-hsing (Chao Meng-fu) : 146
Gouverneur Ch'en : 40
Cheng Chi : 43, 106, 142, 153
Cheng Hsieh : 83, 89, 153, 181
Cheng Ku : 126
Ch'eng Yao-t'ien : 41, 153
Chiang Ho : 134, 153
Ch'ien Tu : 75, 146, 153
Ch'ien Wei-yan : 125
Ch'ien Wen-shih : 126, 152
Chin Nung : 90, 153
Chin Shao-ch'eng : 75, 109, 145, 153

Ch'in Tsu-yung : 83, 153
Ching Hao : 24, 31, 50, 63, 77, 115, 151
Chu Ching-hsüan : 14, 30, 151
Chu Hsiang-hsien : 63
Chu Ta : 69, 110
Chuang-tzu : 28, 86, 121, 178
Chüeh-yin : 86
Confucius : 71, 168

Fan Chi : 45, 101, 153
Fan K'uan : 50, 170
Fang Hsün : 62, 82, 153
Fang Shih-shu : 41, 153
Roi Fu-ch'ai : 28

Han Chuo : 14, 134, 158
Han Kan : 103, 104, 105
Hsi-shih : 28
Hsia-kou Shu-chien : 125
Hsia Kuei : 127
Hsieh Ho : 23, 33, 155
Empereur Hsüan-tsung : 103
Hua Kuang : 100, 152
Huang Ch'üan : 105
Huang Kung-wang : 40, 72
Huang Pin-hung : 45, 153, 175
Huang Shan-ku : 100, 103

Prince Hui : 28
Empereur Hui-tsung : 15, 37, 95
Hung Jen : 69

Kao Chi'-p'ei : 105, 106
Ku K'ai-chih : 25, 26, 27, 29, 30, 121, 176
Kuan T'ung : 50, 63
Kuo Chung-shu : 138
Kuo Jo-hsü : 14, 33
Kuo Hsi : 50, 63, 116, 123, 152, 177
Kuo Hsu-hsien : 63
Kuo Szu : 116
K'un Ts'an : 69
Kung Hsien : 69, 153

Lao-tzu : 146
Li Ch'eng-sou : 104, 105, 152
Li Hou-ts'un : 125
Li Jih-hua : 38, 86, 89, 152, 179
Li Po-shih (Li Kung-lin) : 62, 103
Li T'ang : 37
Liu Sung-nien : 38, 72
Liu Tsung-yuan : 53
Lu Hsüeh-shih : 124
Lu T'an-wei : 25, 26, 27, 29
Luo Ta-ching : 102, 152

Ma Yuan : 127
Mi Fu : 32, 72, 80, 170
Mi You-jen : 32, 152, 170

Ni Tsan : 72
Ni Yü : 63

Pa-ta-shan-jen (Chu Ta) : 110
Pan-ch'iao (Cheng Hsieh) : 89
P'eng-tsu : 52
Pi Hung : 105
Pu Yen-t'u : 48, 153

Shen Hao : 63, 152
Shen Tsung-ch'ien : 46, 74, 137, 153, 180
Shen Tzu-ch'eng : 151
Shih T'ao : 14, 35, 36, 69, 78, 110, 130, 152
Su Tung-po : 34, 53, 60, 62, 85, 152, 177, 178
Sun Han-yang : 80
Sung Nien : 98, 153
Sung Ti : 63

Ta-ti (Shih T'ao) : 36
Tai Hsi : 89, 153
T'ang Chih-ch'i : 36, 153
T'ang Hou : 61, 152
T'ang I-fen : 71, 153
T'ang Liu-ju : 146
T'ang Tai : 14, 56, 133, 153
Teng Ch'un : 14, 33, 152
Ts'ai Yung : 122
Ts'ao Wu-i : 103
Tsou I-kuei : 81, 104, 153
Ts'ui Yuan : 26
Tu Fu : 124, 125, 132, 143
Tu Kung : 123
Tu Tou : 26
Tung Ch'i : 60, 153
Tung Ch'i-ch'ang : 80, 84, 153
Tung Yu : 33
Tzu-mei (Tu Fu) : 132

Wang Chieh-fu : 124

Index

Wang Chih-yuan : 76, 102, 154
Wang Ch'ung : 65
Wang Hsien-chih : 26
Wang Hsüeh-hao : 55, 154
Wang Kai : 97, 154
Wang Lü : 127
Wang Tsai : 143
Wang Tzu-ching (Wang Hsien-chih) : 26
Wang Wei : 113, 124, 133, 151
Wang Yü : 58, 154
Wang Yuan-ch'i : 58, 136, 154
Dame Wei : 27
Wei Yeh : 125
Wei Ying-wu : 126
Wen T'ung : 34, 85
Wu Tao-tzu : 25, 27, 28, 29, 62

Yang Cheng : 28
Yang Hui : 63
Yang Shih-ngo : 123
Yao Ho : 125
Yu An-lan : 151
Yu Chien-hua : 151
Yü-k'o (Wen T'ung) : 34, 35, 85, 86, 177, 178
Yun Shou-p'ing : 64, 147, 154
Yung-men : 66

Illustrations

Ce cahier d'illustrations de trente-deux pages est composé de trois séries de tableaux, à savoir, dans l'ordre, la série « Arbres et Rochers », la série « Fleurs et Oiseaux » et la série « Paysages et Hommes ». Celles-ci correspondent donc respectivement aux chapitres II, III et IV du présent ouvrage. A l'intérieur de chaque série, les tableaux sont rangés selon un ordre chronologique à rebours, depuis les époques tardives jusqu'à l'époque la plus ancienne. Signalons que la plupart des tableaux sont inédits ou peu connus jusqu'ici en Occident.

Liste des illustrations

1 *Li Shan (1692-1762)* : Pin et rocher (collection chinoise).
2 *Chu Ta (1626-1705)* : Arbres et rochers (collection chinoise).
3 *Chu Ta (1626-1705)* : Rocher et poisson (collection chinoise).
4 *Chu Ta (1626-1705)* : Rocher et chat (collection chinoise).
5 *Shih T'ao (1641-après 1710)* : Rochers, bambous et orchidées (collection chinoise).
6 *Hung Jen (1610-1663)* : Pins et rochers sur le mont Huang (musée de Shanghai).
7 *Wen Cheng-ming (1470-1559)* : Arbres, rochers et chute d'eau (musée du Palais, Taiwan).
8 *Wen Cheng-ming (1470-1559)* : Arbres et rochers (Nelson Gallery of Art, Kansas City).
9 *Ni Tsan (1301-1374)* : Arbres (musée de Shanghai).
10 11 12 *Wang Lü (né en 1332)* : Le mont Hua (musée de Canton).
13 *Liang K'ai (1172-1204)* : L'homme face au rocher (John Crawford collection, New York).
14 *Anonyme Sung* : Arbres et rochers (Museum of Fine Arts, Boston).
15 *Wen T'ung (mort en 1079)* : Bambou (musée du Palais, Taiwan).
16 *Jen Po-nien (1839-1895)* : Oiseaux (collection chinoise).
17 *Hua Yen (1682-1755)* : Canards s'enfonçant dans l'eau (collection chinoise).
18 *Shih T'ao (1641-après 1710)* : Chrysanthèmes (collection américaine).
19 *Shih T'ao (1641-après 1710)* : Prunus (collection américaine).
20 *Shih T'ao (1641-après 1710)* : Bananiers, orchidées, bambous et chrysanthèmes (musée du Palais, Pékin).
21 22 *Ch'en Lu (act. 1436-1449)* : Branches de prunus (musée de Canton).

23 *Chao Meng-chien (1199-1264)* : Orchidées (musée du Palais, Pékin).
24 *Anonyme Sung* : Lotus (musée du Palais, Pékin).
25 *Anonyme Sung* : Fleurs et papillon (musée de Shanghai).
26 *Anonyme Sung* : Oiseaux et bambous enneigés (musée du Palais, Pékin).
27 *Anonyme Sung* : Oiseau et abeille (musée de Shanghai).
28 *Anonyme Sung* : Faucon et oies (musée du Palais, Pékin).
29 *Anonyme Sung* : Pins et oiseaux (collection chinoise).
30 *Ch'en Jung (13e s.)* : Dragon (musée de Canton).
31 *Anonyme Sung* : Crabe, feuille de lotus et roseaux (collection chinoise).
32 *Mu Ch'i (13e s.)* : Six kakis (collection japonaise).
33 *Liang K'ai (1172-1204)* : Roseaux et oiseaux dans le vent (collection japonaise).
34 *Wang Hui (1632-1717)* : Paysage (collection chinoise).
35 *Chu Ta (1626-1705)* : Paysage (collection chinoise).
36 *Fa Go-chen (1613-1696)* : Paysage (collection chinoise).
37 *Shih T'ao (1641-après 1710)* : Paysage (collection chinoise).
38 *Mei Ts'ing (1623-1697)* : Terrasse de l'Alchimie au mont Huang (musée de Shanghai).
39 *Tsou Chi (17e s.)* : Paysage (musée de Shanghai).
40 *Chao Fu (1127-1279)* : Fleuve et Montagnes sur dix mille li (musée du Palais, Pékin).
41 *Liang K'ai (1172-1204)* : Le poète Li Po (Tokyo National Museum).
42 *Ch'en Hung-shou (1598-1652)* : Ermite assis sur feuilles de bananier (collection chinoise).
43 *Anonyme Sung* : Paysage avec personnages et grue (musée de Shanghai).
44 *Fan K'uan (act. 990-1030)* : Paysage de neige (musée de Tientsin).
45 *Kuo Hsi (1010-1090)* : Paysage (musée de Shanghai).

雍正四年五月李鱓寫

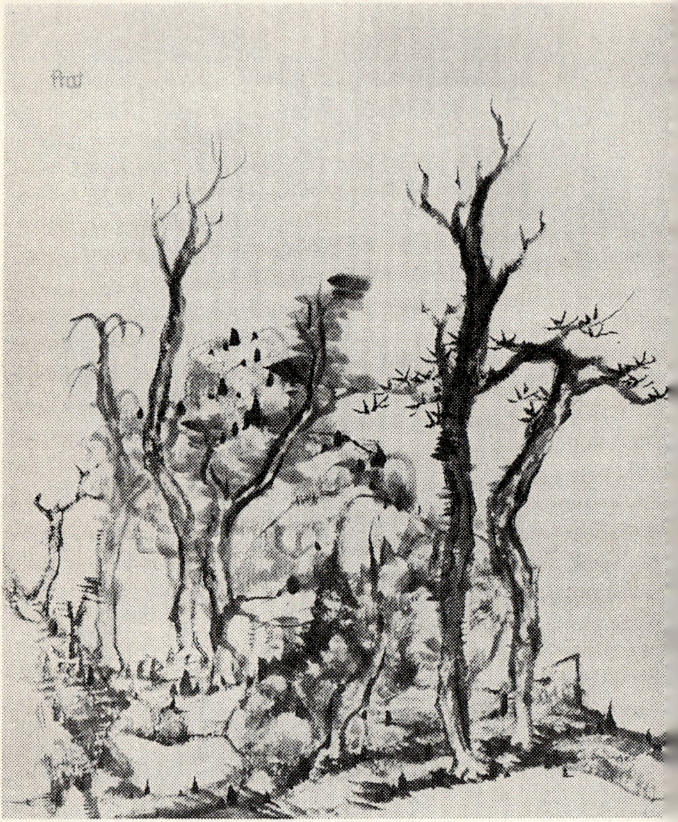

3　4

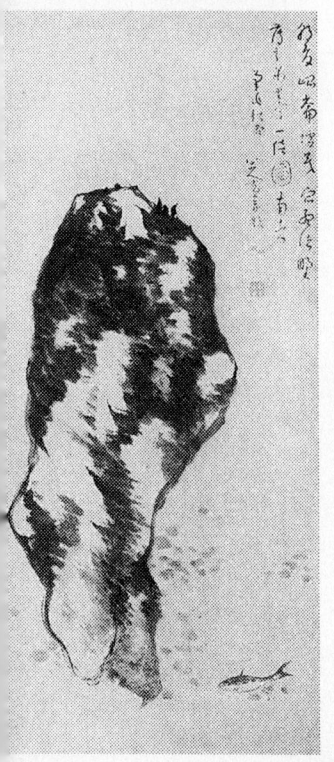

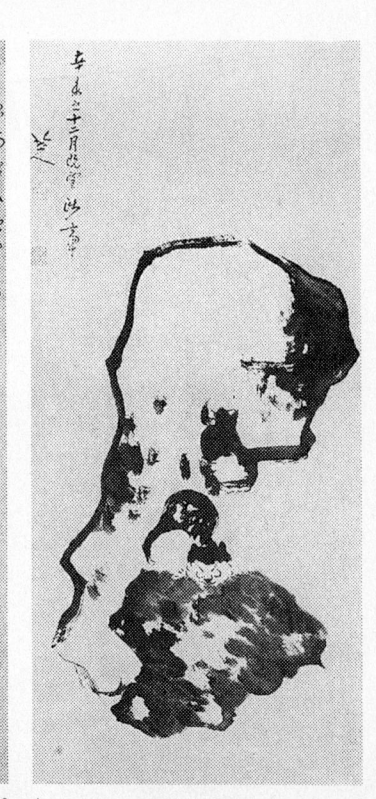

5

黃海松石
為
大貞先生寫 弎

7

8

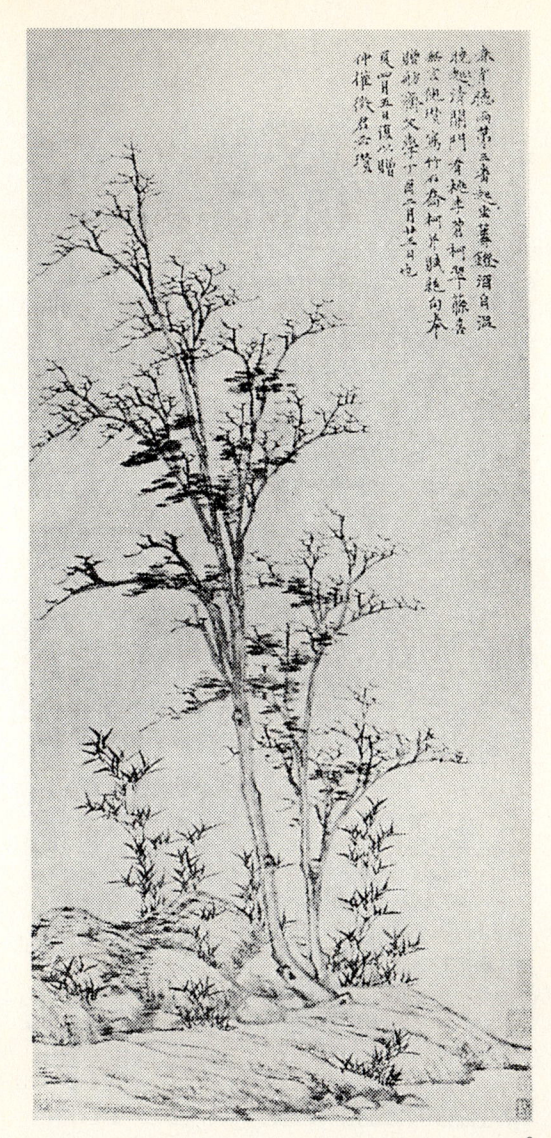

永貞德兄五壽處畫蘭錫酒見沒
想起清閒門有趣幸君桐堅勝吾
紙上枝枒萬竹不為阿芹賤趨向本
贈楊榮父老弟子圓正月廿日記
丙月五日復以贈
仲權侄名啟燈

10

11

12

13

14

15

16

17

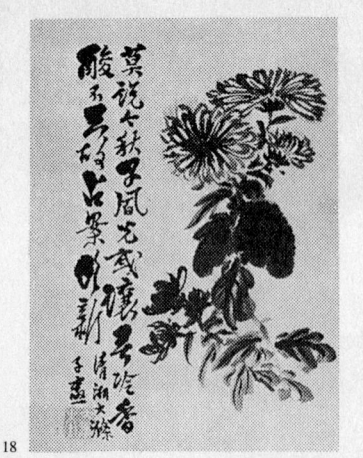

18

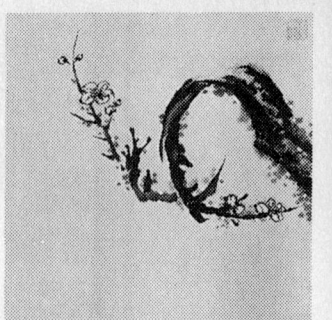

莫說七秋子風光感懷 吾愛香
酸不石硯占崇惟新
壬子 清湘大滌

收拾太平業
何如此境
逼枯桿隨處
活隨张欣
開呪難遇
似密日許吟
紙是工遠有興
遽挹不莫於
風
若極

20

21 22

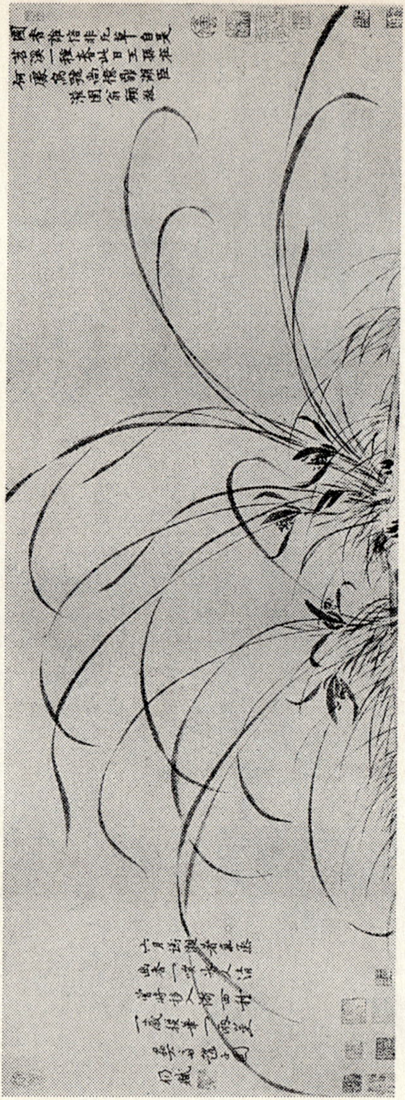

23

24

25

26

27

28

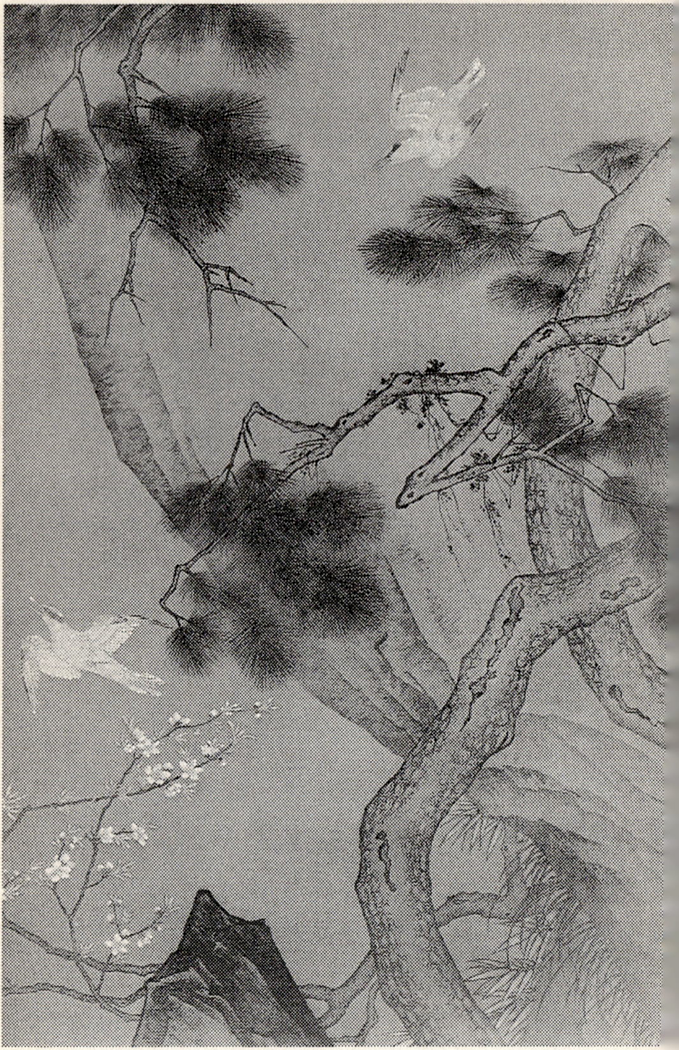

29

騎元氣游太空
普厭洗收成功
扶河漢㴉華嵩

31

32

33

水雲西

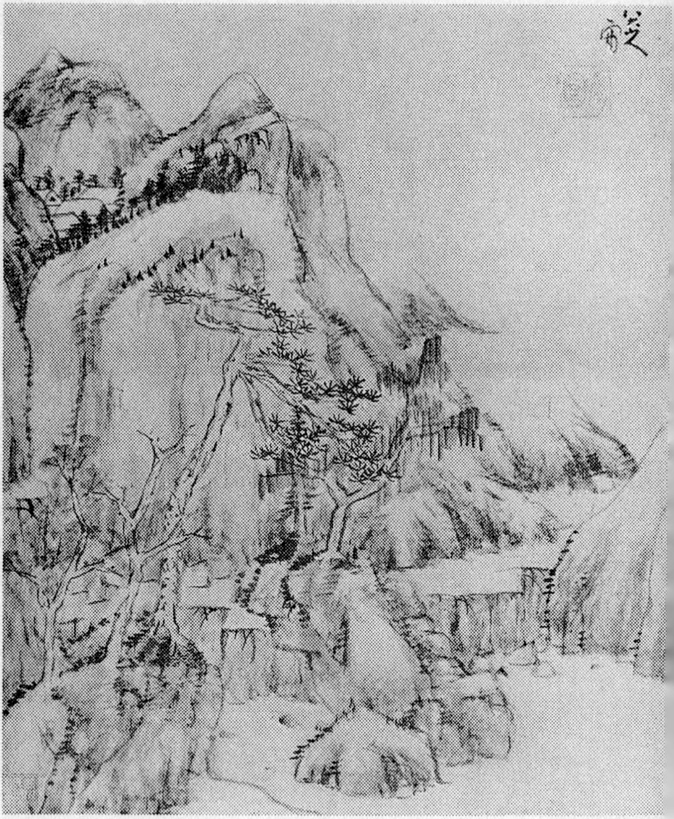

35

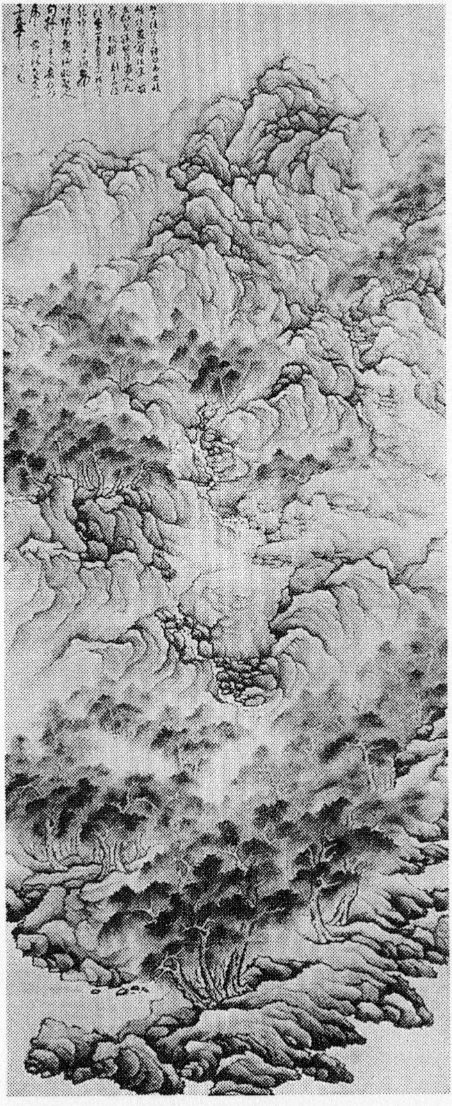

36

37

天空地闊倪
高木水遠山
追見折山想
到林未竹老
葉嚴鋒折
葉一霏門
清湘陈人秋

38

黃帝樓台春
道逢萬靖著
何年朱仙善大
治火重光鍊丹

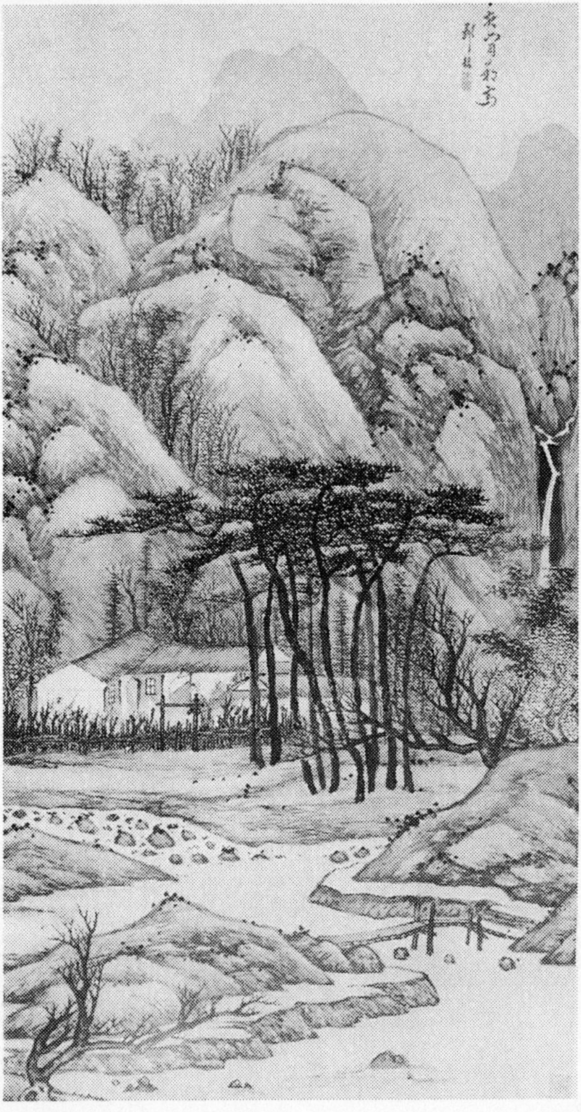

40

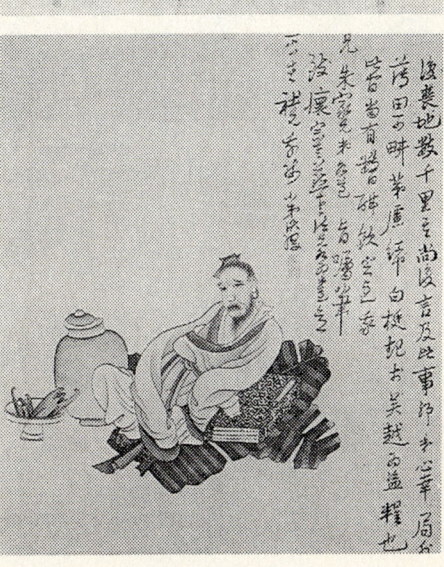

後襄地數千里至尚後言及此事仰中心草屬於
淳田西畔第盧添白挺起杞柳吳越西盖糶也
皆當百諸相扶空已夸
兄先家禾危芳曙萆
汝懷空藝羊洛炙柔善
不在裡芳華未辰

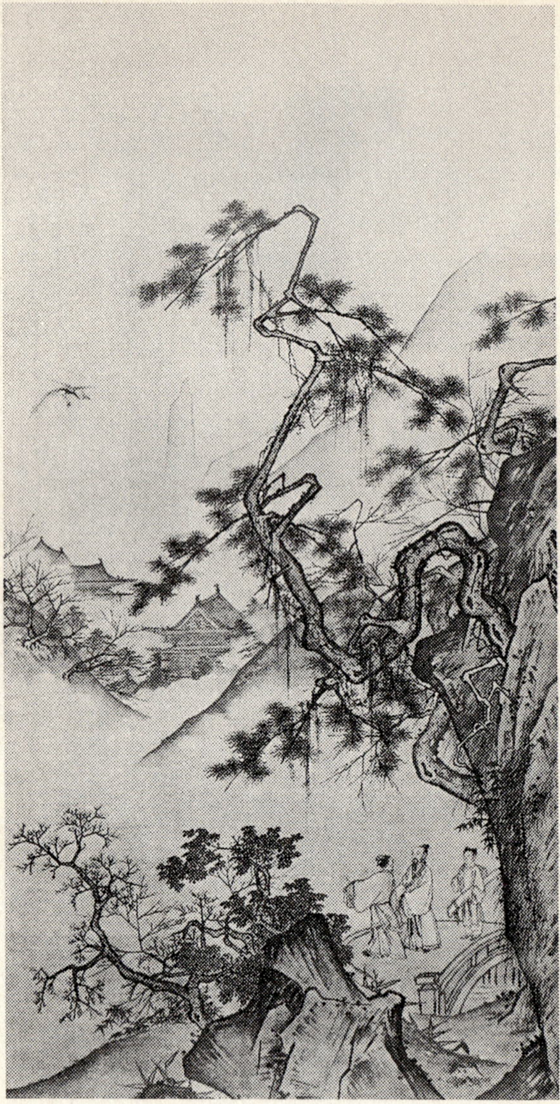

43

44

45

Table

Présentation	9
1. Art pictural en général	21
2. Arbres et Rochers	67
3. Fleurs et Oiseaux	93
4. Paysages et Hommes	111
Annexes	149
Liste des auteurs et de leurs œuvres figurant dans le présent ouvrage	151
Liste récapitulative des termes techniques	155
Un art de vie, un art de vivre	161
Le temps dans la peinture chinoise	173
Index des noms	183
Illustrations	189

Du même auteur

AUX MÊMES ÉDITIONS

L'Écriture poétique chinoise
suivi d'une anthologie des poèmes des T'ang (608-907)
*1977, réédition en 1982
et « Points Essais », n°332, 1996*

Vide et Plein
Le langage pictural chinois
1979 et « Points Essais », n°224, 1991

Souffle-Esprit
Textes théoriques chinois sur l'art pictural
1989

CHEZ D'AUTRES ÉDITEURS

L'Espace du rêve
Mille ans de peinture chinoise
Phébus, 1980-1988

Chu Ta (1626-1705)
Le génie du trait
Phébus, 1986, 1999

Échos du silence
Paysage du Québec en mars
*(en collaboration avec Patrick Le Bescont)
Filigranes, 1988*

De l'arbre et du rocher
Fata Morgana, 1989

Entre source et nuage
La poésie chinoise réinventée
Albin Michel, 1990, 2002

Quand les pierres font signe
Voix d'encre, 1990-1997

Saisons à vie
Encre marine, 1993

Sagesse millénaire en quelques caractères
Proverbes et maximes chinois
(sous la direction de François Cheng)
Librairie You-Feng, 1997

36 poèmes d'amour
Unes, 1997

Double chant
Encre marine, 1998, 2000

Le Dit de Tianyi
Albin Michel, 1998, LGF, 2001
Prix Fémina 1998

Shitao
La saveur du monde
Phébus, 1998
Prix André Malraux 1998

Cantos Toscans
Unes, 1999

D'où jaillit le chant
La voie des oiseaux
et des fleurs dans la tradition des Song
Phébus, 2000

Poésie chinoise
Albin Michel, 2000

Qui dira notre nuit
Arfuyen, 2001, 2003

L'éternité n'est pas de trop
Albin Michel, 2001 et LGF, 2003

Et le souffle devient signe
La calligraphie chinoise révélée
L'Iconoclaste, 2001

Le Dialogue
Une passion pour la langue française
Desclée de Brouwer, 2002

Le Long d'un amour
Arfuyen, 2003

Le Livre du vide médian
Albin Michel, 2004

Toute beauté est singulière
Peintres chinois de la Voie excentrique
Phébus, 2004

À l'Orient de tout
Œuvres poétiques
Gallimard, « Poésie », 2005

RÉALISATION : IGS-CP À L'ISLE D'ESPAGNAC
IMPRESSION : NORMANDIE ROTO S.A.S. À LONRAI
DÉPÔT LÉGAL : AVRIL 2006. N° 86864 (060749)
IMPRIMÉ EN FRANCE

Collection Points

SÉRIE ESSAIS

1. Histoire du surréalisme, *par Maurice Nadeau*
2. Une théorie scientifique de la culture
   par Bronislaw Malinowski
3. Malraux, Camus, Sartre, Bernanos, *par Emmanuel Mounier*
4. L'Homme unidimensionnel, *par Herbert Marcuse* (épuisé)
5. Écrits I, *par Jacques Lacan*
6. Le Phénomène humain, *par Pierre Teilhard de Chardin*
7. Les Cols blancs, *par C. Wright Mills*
8. Littérature et Sensation. Stendhal, Flaubert
   par Jean-Pierre Richard
9. La Nature dé-naturée, *par Jean Dorst*
10. Mythologies, *par Roland Barthes*
11. Le Nouveau Théâtre américain
    par Franck Jotterand (épuisé)
12. Morphologie du conte, *par Vladimir Propp*
13. L'Action sociale, *par Guy Rocher*
14. L'Organisation sociale, *par Guy Rocher*
15. Le Changement social, *par Guy Rocher*
17. Essais de linguistique générale
    par Roman Jakobson (épuisé)
18. La Philosophie critique de l'histoire, *par Raymond Aron*
19. Essais de sociologie, *par Marcel Mauss*
20. La Part maudite, *par Georges Bataille* (épuisé)
21. Écrits II, *par Jacques Lacan*
22. Éros et Civilisation, *par Herbert Marcuse* (épuisé)
23. Histoire du roman français depuis 1918
    par Claude-Edmonde Magny
24. L'Écriture et l'Expérience des limites
    par Philippe Sollers
25. La Charte d'Athènes, *par Le Corbusier*
26. Peau noire, Masques blancs, *par Frantz Fanon*
27. Anthropologie, *par Edward Sapir*
28. Le Phénomène bureaucratique, *par Michel Crozier*
29. Vers une civilisation des loisirs ?, *par Joffre Dumazedier*
30. Pour une bibliothèque scientifique
    par François Russo (épuisé)
31. Lecture de Brecht, *par Bernard Dort*
32. Ville et Révolution, *par Anatole Kopp*
33. Mise en scène de Phèdre, *par Jean-Louis Barrault*
34. Les Stars, *par Edgar Morin*
35. Le Degré zéro de l'écriture
    suivi de Nouveaux Essais critiques, *par Roland Barthes*

36. Libérer l'avenir, *par Ivan Illich*
37. Structure et Fonction dans la société primitive
    par A. R. Radcliffe-Brown
38. Les Droits de l'écrivain, *par Alexandre Soljenitsyne*
39. Le Retour du tragique, *par Jean-Marie Domenach*
41. La Concurrence capitaliste
    par Jean Cartell et Pierre-Yves Cossé (épuisé)
42. Mise en scène d'Othello, *par Constantin Stanislavski*
43. Le Hasard et la Nécessité, *par Jacques Monod*
44. Le Structuralisme en linguistique, *par Oswald Ducrot*
45. Le Structuralisme : Poétique, *par Tzvetan Todorov*
46. Le Structuralisme en anthropologie, *par Dan Sperber*
47. Le Structuralisme en psychanalyse, *par Moustapha Safouan*
48. Le Structuralisme : Philosophie, *par François Wahl*
49. Le Cas Dominique, *par Françoise Dolto*
51. Trois Essais sur le comportement animal et humain
    par Konrad Lorenz
52. Le Droit à la ville, *suivi de* Espace et Politique
    par Henri Lefebvre
53. Poèmes, *par Léopold Sédar Senghor*
54. Les Élégies de Duino, *suivi de* Les Sonnets à Orphée
    par Rainer Maria Rilke (édition bilingue)
55. Pour la sociologie, *par Alain Touraine*
56. Traité du caractère, *par Emmanuel Mounier*
57. L'Enfant, sa « maladie » et les autres, *par Maud Mannoni*
58. Langage et Connaissance, *par Adam Schaff*
59. Une saison au Congo, *par Aimé Césaire*
61. Psychanalyser, *par Serge Leclaire*
63. Mort de la famille, *par David Cooper*
64. À quoi sert la Bourse ?, *par Jean-Claude Leconte* (épuisé)
65. La Convivialité, *par Ivan Illich*
66. L'Idéologie structuraliste, *par Henri Lefebvre*
67. La Vérité des prix, *par Hubert Lévy-Lambert* (épuisé)
68. Pour Gramsci, *par Maria-Antonietta Macciocchi*
69. Psychanalyse et Pédiatrie
    par Françoise Dolto
70. S/Z, *par Roland Barthes*
71. Poésie et Profondeur, *par Jean-Pierre Richard*
72. Le Sauvage et l'Ordinateur, *par Jean-Marie Domenach*
73. Introduction à la littérature fantastique
    par Tzvetan Todorov
74. Figures I, *par Gérard Genette*
75. Dix Grandes Notions de la sociologie, *par Jean Cazeneuve*
76. Mary Barnes, un voyage à travers la folie
    par Mary Barnes et Joseph Berke
77. L'Homme et la Mort, *par Edgar Morin*

78. Poétique du récit, *par Roland Barthes,*
    Wayne Booth, Wolfgang Kayser et Philippe Hamon
79. Les Libérateurs de l'amour, *par Alexandrian*
80. Le Macroscope, *par Joël de Rosnay*
81. Délivrance, *par Maurice Clavel et Philippe Sollers*
82. Système de la peinture, *par Marcelin Pleynet*
83. Pour comprendre les médias, *par M. McLuhan*
84. L'Invasion pharmaceutique
    par Jean-Pierre Dupuy et Serge Karsenty
85. Huit Questions de poétique, *par Roman Jakobson*
86. Lectures du désir, *par Raymond Jean*
87. Le Traître, *par André Gorz*
88. Psychiatrie et Antipsychiatrie, *par David Cooper*
89. La Dimension cachée, *par Edward T. Hall*
90. Les Vivants et la Mort, *par Jean Ziegler*
91. L'Unité de l'homme, *par le Centre Royaumont*
    1. Le primate et l'homme
    par E. Morin et M. Piattelli-Palmarini
92. L'Unité de l'homme, *par le Centre Royaumont*
    2. Le cerveau humain
    par E. Morin et M. Piattelli-Palmarini
93. L'Unité de l'homme, *par le Centre Royaumont*
    3. Pour une anthropologie fondamentale
    par E. Morin et M. Piattelli-Palmarini
94. Pensées, *par Blaise Pascal*
95. L'Exil intérieur, *par Roland Jaccard*
96. Semeiotiké, recherches pour une sémanalyse
    par Julia Kristeva
97. Sur Racine, *par Roland Barthes*
98. Structures syntaxiques, *par Noam Chomsky*
99. Le Psychiatre, son «fou» et la psychanalyse
    par Maud Mannoni
100. L'Écriture et la Différence, *par Jacques Derrida*
101. Le Pouvoir africain, *par Jean Ziegler*
102. Une logique de la communication
     par P. Watzlawick, J. Helmick Beavin, Don D. Jackson
103. Sémantique de la poésie, *par T. Todorov, W. Empson,*
     J. Cohen, G. Hartman, F. Rigolot
104. De la France, *par Maria-Antonietta Macciocchi*
105. Small is beautiful, *par E.F. Schumacher*
106. Figures II, *par Gérard Genette*
107. L'Œuvre ouverte, *par Umberto Eco*
108. L'Urbanisme, *par Françoise Choay*
109. Le Paradigme perdu, *par Edgar Morin*
110. Dictionnaire encyclopédique des sciences du langage
     par Oswald Ducrot et Tzvetan Todorov

111. L'Évangile au risque de la psychanalyse, tome 1
     par Françoise Dolto
112. Un enfant dans l'asile, *par Jean Sandretto*
113. Recherche de Proust, *ouvrage collectif*
114. La Question homosexuelle
     par Marc Oraison
115. De la psychose paranoïaque dans ses rapports
     avec la personnalité, *par Jacques Lacan*
116. Sade, Fourier, Loyola, *par Roland Barthes*
117. Une société sans école, *par Ivan Illich*
118. Mauvaises Pensées d'un travailleur social
     par Jean-Marie Geng
119. Albert Camus, *par Herbert R. Lottman*
120. Poétique de la prose, *par Tzvetan Todorov*
121. Théorie d'ensemble, *par Tel Quel*
122. Némésis médicale, *par Ivan Illich*
123. La Méthode
     1. La nature de la nature, *par Edgar Morin*
124. Le Désir et la Perversion, *ouvrage collectif*
125. Le Langage, cet inconnu, *par Julia Kristeva*
126. On tue un enfant, *par Serge Leclaire*
127. Essais critiques, *par Roland Barthes*
128. Le Je-ne-sais-quoi et le Presque-rien
     1. La manière et l'occasion, *par Vladimir Jankélévitch*
129. L'Analyse structurale du récit, Communications 8
     ouvrage collectif
130. Changements, Paradoxes et Psychothérapie
     par P. Watzlawick, J. Weakland et R. Fisch
131. Onze Études sur la poésie moderne
     par Jean-Pierre Richard
132. L'Enfant arriéré et sa mère, *par Maud Mannoni*
133. La Prairie perdue (Le Roman américain)
     par Jacques Cabau
134. Le Je-ne-sais-quoi et le Presque-rien
     2. La méconnaissance, *par Vladimir Jankélévitch*
135. Le Plaisir du texte, *par Roland Barthes*
136. La Nouvelle Communication, *ouvrage collectif*
137. Le Vif du sujet, *par Edgar Morin*
138. Théories du langage, Théories de l'apprentissage
     par le Centre Royaumont
139. Baudelaire, la Femme et Dieu, *par Pierre Emmanuel*
140. Autisme et Psychose de l'enfant, *par Frances Tustin*
141. Le Harem et les Cousins, *par Germaine Tillion*
142. Littérature et Réalité, *ouvrage collectif*
143. La Rumeur d'Orléans, *par Edgar Morin*
144. Partage des femmes, *par Eugénie Lemoine-Luccioni*

145. L'Évangile au risque de la psychanalyse, tome 2
     par Françoise Dolto
146. Rhétorique générale, *par le Groupe μ*
147. Système de la Mode, *par Roland Barthes*
148. Démasquer le réel, *par Serge Leclaire*
149. Le Juif imaginaire, *par Alain Finkielkraut*
150. Travail de Flaubert, *ouvrage collectif*
151. Journal de Californie, *par Edgar Morin*
152. Pouvoirs de l'horreur, *par Julia Kristeva*
153. Introduction à la philosophie de l'histoire de Hegel
     par Jean Hyppolite
154. La Foi au risque de la psychanalyse
     par Françoise Dolto et Gérard Sévérin
155. Un lieu pour vivre, *par Maud Mannoni*
156. Scandale de la vérité, *suivi de* Nous autres Français
     par Georges Bernanos
157. Enquête sur les idées contemporaines
     par Jean-Marie Domenach
158. L'Affaire Jésus, *par Henri Guillemin*
159. Paroles d'étranger, *par Elie Wiesel*
160. Le Langage silencieux, *par Edward T. Hall*
161. La Rive gauche, *par Herbert R. Lottman*
162. La Réalité de la réalité, *par Paul Watzlawick*
163. Les Chemins de la vie, *par Joël de Rosnay*
164. Dandies, *par Roger Kempf*
165. Histoire personnelle de la France
     par François George
166. La Puissance et la Fragilité, *par Jean Hamburger*
167. Le Traité du sablier, *par Ernst Jünger*
168. Pensée de Rousseau, *ouvrage collectif*
169. La Violence du calme, *par Viviane Forrester*
170. Pour sortir du XXe siècle, *par Edgar Morin*
171. La Communication, Hermès I, *par Michel Serres*
172. Sexualités occidentales, Communications 35
     ouvrage collectif
173. Lettre aux Anglais, *par Georges Bernanos*
174. La Révolution du langage poétique, *par Julia Kristeva*
175. La Méthode
     2. La vie de la vie, *par Edgar Morin*
176. Théories du symbole, *par Tzvetan Todorov*
177. Mémoires d'un névropathe, *par Daniel Paul Schreber*
178. Les Indes, *par Édouard Glissant*
179. Clefs pour l'Imaginaire ou l'Autre Scène
     par Octave Mannoni
180. La Sociologie des organisations, *par Philippe Bernoux*
181. Théorie des genres, *ouvrage collectif*

182. Le Je-ne-sais-quoi et le Presque-rien
    3. La volonté de vouloir, *par Vladimir Jankélévitch*
183. Le Traité du rebelle, *par Ernst Jünger*
184. Un homme en trop, *par Claude Lefort*
185. Théâtres, *par Bernard Dort*
186. Le Langage du changement, *par Paul Watzlawick*
187. Lettre ouverte à Freud, *par Lou Andreas-Salomé*
188. La Notion de littérature, *par Tzvetan Todorov*
189. Choix de poèmes, *par Jean-Claude Renard*
190. Le Langage et son double, *par Julien Green*
191. Au-delà de la culture, *par Edward T. Hall*
192. Au jeu du désir, *par Françoise Dolto*
193. Le Cerveau planétaire, *par Joël de Rosnay*
194. Suite anglaise, *par Julien Green*
195. Michelet, *par Roland Barthes*
196. Hugo, *par Henri Guillemin*
197. Zola, *par Marc Bernard*
198. Apollinaire, *par Pascal Pia*
199. Paris, *par Julien Green*
200. Voltaire, *par René Pomeau*
201. Montesquieu, *par Jean Starobinski*
202. Anthologie de la peur, *par Éric Jourdan*
203. Le Paradoxe de la morale, *par Vladimir Jankélévitch*
204. Saint-Exupéry, *par Luc Estang*
205. Leçon, *par Roland Barthes*
206. François Mauriac
    1. Le sondeur d'abîmes (1885-1933), *par Jean Lacouture*
207. François Mauriac
    2. Un citoyen du siècle (1933-1970), *par Jean Lacouture*
208. Proust et le Monde sensible, *par Jean-Pierre Richard*
209. Nus, Féroces et Anthropophages
    par Hans Staden
210. Œuvre poétique, *par Léopold Sédar Senghor*
211. Les Sociologies contemporaines, *par Pierre Ansart*
212. Le Nouveau Roman, *par Jean Ricardou*
213. Le Monde d'Ulysse, *par Moses I. Finley*
214. Les Enfants d'Athéna, *par Nicole Loraux*
215. La Grèce ancienne, tome 1
    par Jean-Pierre Vernant et Pierre Vidal-Naquet
216. Rhétorique de la poésie, *par le Groupe µ*
217. Le Séminaire. Livre XI, *par Jacques Lacan*
218. Don Juan ou Pavlov
    par Claude Bonnange et Chantal Thomas
219. L'Aventure sémiologique, *par Roland Barthes*
220. Séminaire de psychanalyse d'enfants, tome 1
    par Françoise Dolto

221. Séminaire de psychanalyse d'enfants, tome 2
     par Françoise Dolto
222. Séminaire de psychanalyse d'enfants
     tome 3, Inconscient et destins, *par Françoise Dolto*
223. État modeste, État moderne, *par Michel Crozier*
224. Vide et Plein, *par François Cheng*
225. Le Père : acte de naissance, *par Bernard This*
226. La Conquête de l'Amérique, *par Tzvetan Todorov*
227. Temps et Récit, tome 1, *par Paul Ricœur*
228. Temps et Récit, tome 2, *par Paul Ricœur*
229. Temps et Récit, tome 3, *par Paul Ricœur*
230. Essais sur l'individualisme, *par Louis Dumont*
231. Histoire de l'architecture et de l'urbanisme modernes
     1. Idéologies et pionniers (1800-1910), *par Michel Ragon*
232. Histoire de l'architecture et de l'urbanisme modernes
     2. Naissance de la cité moderne (1900-1940)
     par Michel Ragon
233. Histoire de l'architecture et de l'urbanisme modernes
     3. De Brasilia au post-modernisme (1940-1991)
     par Michel Ragon
234. La Grèce ancienne, tome 2
     par Jean-Pierre Vernant et Pierre Vidal-Naquet
235. Quand dire, c'est faire, *par J. L. Austin*
236. La Méthode
     3. La Connaissance de la Connaissance, *par Edgar Morin*
237. Pour comprendre *Hamlet*, *par John Dover Wilson*
238. Une place pour le père, *par Aldo Naouri*
239. L'Obvie et l'Obtus, *par Roland Barthes*
240. Mythe et société en Grèce ancienne, *par Jean-Pierre Vernant*
241. L'Idéologie, *par Raymond Boudon*
242. L'Art de se persuader, *par Raymond Boudon*
243. La Crise de l'État-providence, *par Pierre Rosanvallon*
244. L'État, *par Georges Burdeau*
245. L'homme qui prenait sa femme pour un chapeau
     par Oliver Sacks
246. Les Grecs ont-ils cru à leurs mythes ?, *par Paul Veyne*
247. La Danse de la vie, *par Edward T. Hall*
248. L'Acteur et le Système
     par Michel Crozier et Erhard Friedberg
249. Esthétique et Poétique, *collectif*
250. Nous et les Autres, *par Tzvetan Todorov*
251. L'Image inconsciente du corps, *par Françoise Dolto*
252. Van Gogh ou l'Enterrement dans les blés
     par Viviane Forrester
253. George Sand ou le Scandale de la liberté, *par Joseph Barry*
254. Critique de la communication, *par Lucien Sfez*

255. Les Partis politiques, *par Maurice Duverger*
256. La Grèce ancienne, tome 3
par Jean-Pierre Vernant et Pierre Vidal-Naquet
257. Palimpsestes, *par Gérard Genette*
258. Le Bruissement de la langue, *par Roland Barthes*
259. Relations internationales
1. Questions régionales, *par Philippe Moreau Defarges*
260. Relations internationales
2. Questions mondiales, *par Philippe Moreau Defarges*
261. Voici le temps du monde fini, *par Albert Jacquard*
262. Les Anciens Grecs, *par Moses I. Finley*
263. L'Éveil, *par Oliver Sacks*
264. La Vie politique en France, *ouvrage collectif*
265. La Dissémination, *par Jacques Derrida*
266. Un enfant psychotique, *par Anny Cordié*
267. La Culture au pluriel, *par Michel de Certeau*
268. La Logique de l'honneur, *par Philippe d'Iribarne*
269. Bloc-notes, tome 1 (1952-1957), *par François Mauriac*
270. Bloc-notes, tome 2 (1958-1960), *par François Mauriac*
271. Bloc-notes, tome 3 (1961-1964), *par François Mauriac*
272. Bloc-notes, tome 4 (1965-1967), *par François Mauriac*
273. Bloc-notes, tome 5 (1968-1970), *par François Mauriac*
274. Face au racisme
1. Les moyens d'agir
sous la direction de Pierre-André Taguieff
275. Face au racisme
2. Analyses, hypothèses, perspectives
sous la direction de Pierre-André Taguieff
276. Sociologie, *par Edgar Morin*
277. Les Sommets de l'État, *par Pierre Birnbaum*
278. Lire aux éclats, *par Marc-Alain Ouaknin*
279. L'Entreprise à l'écoute, *par Michel Crozier*
280. Le Nouveau Code pénal, *par Henri Leclerc*
281. La Prise de parole, *par Michel de Certeau*
282. Mahomet, *par Maxime Rodinson*
283. Autocritique, *par Edgar Morin*
284. Être chrétien, *par Hans Küng*
285. À quoi rêvent les années 90 ?, *par Pascale Weil*
286. La Laïcité française, *par Jean Boussinesq*
287. L'Invention du social, *par Jacques Donzelot*
288. L'Union européenne, *par Pascal Fontaine*
289. La Société contre nature, *par Serge Moscovici*
290. Les Régimes politiques occidentaux
par Jean-Louis Quermonne
291. Éducation impossible, *par Maud Mannoni*
292. Introduction à la géopolitique, *par Philippe Moreau Defarges*

293. Les Grandes Crises internationales et le Droit
par Gilbert Guillaume
294. Les Langues du Paradis, *par Maurice Olender*
295. Face à l'extrême, *par Tzvetan Todorov*
296. Écrits logiques et philosophiques, *par Gottlob Frege*
297. Recherches rhétoriques, Communications 16
ouvrage collectif
298. De l'interprétation, *par Paul Ricœur*
299. De la parole comme d'une molécule, *par Boris Cyrulnik*
300. Introduction à une science du langage
par Jean-Claude Milner
301. Les Juifs, la Mémoire et le Présent, *par Pierre Vidal-Naquet*
302. Les Assassins de la mémoire, *par Pierre Vidal-Naquet*
303. La Méthode
4. Les idées, *par Edgar Morin*
304. Pour lire Jacques Lacan, *par Philippe Julien*
305. Événements I
Psychopathologie du quotidien, *par Daniel Sibony*
306. Événements II
Psychopathologie du quotidien, *par Daniel Sibony*
307. Le Système totalitaire, *par Hannah Arendt*
308. La Sociologie des entreprises, *par Philippe Bernoux*
309. Vers une écologie de l'esprit 1.
par Gregory Bateson
310. Les Démocraties, *par Olivier Duhamel*
311. Histoire constitutionnelle de la France, *par Olivier Duhamel*
312. Droit constitutionnel, *par Olivier Duhamel*
313. Que veut une femme ?, *par Serge André*
314. Histoire de la révolution russe
1. La révolution de Février, *par Léon Trotsky*
315. Histoire de la révolution russe
2. La révolution d'Octobre, *par Léon Trotsky*
316. La Société bloquée, *par Michel Crozier*
317. Le Corps, *par Michel Bernard*
318. Introduction à l'étude de la parenté, *par Christian Ghasarian*
319. La Constitution (7e édition),
par Guy Carcassonne
320. Introduction à la politique
par Dominique Chagnollaud
321. L'Invention de l'Europe, *par Emmanuel Todd*
322. La Naissance de l'histoire (tome 1), *par François Châtelet*
323. La Naissance de l'histoire (tome 2), *par François Châtelet*
324. L'Art de bâtir les villes, *par Camillo Sitte*
325. L'Invention de la réalité
sous la direction de Paul Watzlawick
326. Le Pacte autobiographique, *par Philippe Lejeune*

327. L'Imprescriptible, *par Vladimir Jankélévitch*
328. Libertés et Droits fondamentaux
*sous la direction de Mireille Delmas-Marty
et Claude Lucas de Leyssac*
329. Penser au Moyen Age, *par Alain de Libera*
330. Soi-Même comme un autre, *par Paul Ricœur*
331. Raisons pratiques, *par Pierre Bourdieu*
332. L'Écriture poétique chinoise, *par François Cheng*
333. Machiavel et la Fragilité du politique
par Paul Valadier
334. Code de déontologie médicale, *par Louis René*
335. Lumière, Commencement, Liberté
par Robert Misrahi
336. Les Miettes philosophiques, *par Søren Kierkegaard*
337. Des yeux pour entendre, *par Oliver Sacks*
338. De la liberté du chrétien *et* Préfaces à la Bible
par Martin Luther (bilingue)
339. L'Être et l'Essence
par Thomas d'Aquin et Dietrich de Freiberg (bilingue)
340. Les Deux États, *par Bertrand Badie*
341. Le Pouvoir et la Règle, *par Erhard Friedberg*
342. Introduction élémentaire au droit, *par Jean-Pierre Hue*
343. La Démocratie politique, *par Philippe Braud*
344. Science politique
2. L'État, *par Philippe Braud*
345. Le Destin des immigrés, *par Emmanuel Todd*
346. La Psychologie sociale, *par Gustave-Nicolas Fischer*
347. La Métaphore vive, *par Paul Ricœur*
348. Les Trois Monothéismes, *par Daniel Sibony*
349. Éloge du quotidien. Essai sur la peinture
hollandaise du XVIIIe siècle, *par Tzvetan Todorov*
350. Le Temps du désir. Essai sur le corps et la parole
par Denis Vasse
351. La Recherche de la langue parfaite dans la culture européenne
par Umberto Eco
352. Esquisses pyrrhoniennes, *par Pierre Pellegrin*
353. De l'ontologie, *par Jeremy Bentham*
354. Théorie de la justice, *par John Rawls*
355. De la naissance des dieux à la naissance du Christ
par Eugen Drewermann
356. L'Impérialisme, *par Hannah Arendt*
357. Entre-Deux, *par Daniel Sibony*
358. Paul Ricœur, *par Olivier Mongin*
359. La Nouvelle Question sociale, *par Pierre Rosanvallon*
360. Sur l'antisémitisme, *par Hannah Arendt*
361. La Crise de l'intelligence, *par Michel Crozier*

362. L'Urbanisme face aux villes anciennes
	par Gustavo Giovannoni
363. Le Pardon, *collectif dirigé par Olivier Abel*
364. La Tolérance, *collectif dirigé par Claude Sahel*
365. Introduction à la sociologie politique
	par Jean Baudouin
366. Séminaire, livre I : les écrits techniques de Freud
	par Jacques Lacan
367. Identité et Différence, *par John Locke*
368. Sur la nature ou sur l'étant, la langue de l'être ?
	par Parménide
369. Les Carrefours du labyrinthe, I, *par Cornelius Castoriadis*
370. Les Règles de l'art, *par Pierre Bourdieu*
371. La Pragmatique aujourd'hui,
	une nouvelle science de la communication
	par Anne Reboul et Jacques Moeschler
372. La Poétique de Dostoïevski, *par Mikhaïl Bakhtine*
373. L'Amérique latine, *par Alain Rouquié*
374. La Fidélité, *collectif dirigé par Cécile Wajsbrot*
375. Le Courage, *collectif dirigé par Pierre Michel Klein*
376. Le Nouvel Age des inégalités
	par Jean-Paul Fitoussi et Pierre Rosanvallon
377. Du texte à l'action, essais d'herméneutique II
	par Paul Ricœur
378. Madame du Deffand et son monde
	par Benedetta Craveri
379. Rompre les charmes, *par Serge Leclaire*
380. Éthique, *par Spinoza*
381. Introduction à une politique de l'homme,
	par Edgar Morin
382. Lectures 1. Autour du politique
	par Paul Ricœur
383. L'Institution imaginaire de la société
	par Cornelius Castoriadis
384. Essai d'autocritique et autres préfaces, *par Nietzsche*
385. Le Capitalisme utopique, *par Pierre Rosanvallon*
386. Mimologiques, *par Gérard Genette*
387. La Jouissance de l'hystérique, *par Lucien Israël*
388. L'Histoire d'Homère à Augustin
	*préfaces et textes d'historiens antiques
	réunis et commentés par François Hartog*
389. Études sur le romantisme, *par Jean-Pierre Richard*
390. Le Respect, *collectif dirigé par Catherine Audard*
391. La Justice, *collectif dirigé par William Baranès
	et Marie-Anne Frison Roche*
392. L'Ombilic et la Voix, *par Denis Vasse*

393. La Théorie comme fiction, *par Maud Mannoni*
394. Don Quichotte ou le roman d'un Juif masqué
   par Ruth Reichelberg
395. Le Grain de la voix, *par Roland Barthes*
396. Critique et Vérité, *par Roland Barthes*
397. Nouveau Dictionnaire encyclopédique
   des sciences du langage
   par Oswald Ducrot et Jean-Marie Schaeffer
398. Encore, *par Jacques Lacan*
399. Domaines de l'homme, *par Cornelius Castoriadis*
400. La Force d'attraction, *par J.-B. Pontalis*
401. Lectures 2, *par Paul Ricœur*
402. Des différentes méthodes du traduire
   par Friedrich D.E.Schleiermacher
403. Histoire de la philosophie au XXe siècle
   par Christian Delacampagne
404. L'Harmonie des langues, *par Leibniz*
405. Esquisse d'une théorie de la pratique
   par Pierre Bourdieu
406. Le XVIIe siècle des moralistes, *par Bérengère Parmentier*
407. Littérature et Engagement, de Pascal à Sartre
   par Benoît Denis
408. Marx, une critique de la philosophie, *par Isabelle Garo*
409. Amour et Désespoir, *par Michel Terestchenko*
410. Les Pratiques de gestion des ressources humaines
   par François Pichault et Jean Mizet
411. Précis de sémiotique générale, *par Jean-Marie Klinkenberg*
412. Écrits sur le personnalisme, *par Emmanuel Mounier*
413. Refaire la Renaissance, *par Emmanuel Mounier*
414. Droit constitutionnel, 2. Les démocraties
   par Olivier Duhamel
415. Droit humanitaire, *par Mario Bettati*
416. La Violence et la Paix, *par Pierre Hassner*
417. Descartes, *par John Cottingham*
418. Kant, *par Ralph Walker*
419. Marx, *par Terry Eagleton*
420. Socrate, *par Anthony Gottlieb*
421. Platon, *par Bernard Williams*
422. Nietzsche, *par Ronald Hayman*
423. Les Cheveux du baron de Münchhausen
   par Paul Watzlawick
424. Husserl et l'Énigme du monde, *par Emmanuel Housset*
425. Sur le caractère national des langues
   par Wilhelm von Humboldt
426. La Cour pénale internationale, *par William Bourdon*
427. Justice et Démocratie, *par John Rawls*

428. Perversions, *par Daniel Sibony*
429. La Passion d'être un autre, *par Pierre Legendre*
430. Entre mythe et politique, *par Jean-Pierre Vernant*
431. Entre dire et faire, *par Daniel Sibony*
432. Heidegger. Introduction à une lecture, *par Christian Dubois*
433. Essai de poétique médiévale, *par Paul Zumthor*
434. Les Romanciers du réel, *par Jacques Dubois*
435. Locke, *par Michael Ayers*
436. Voltaire, *par John Gray*
437. Wittgenstein, *par P.M.S. Hacker*
438. Hegel, *par Raymond Plant*
439. Hume, *par Anthony Quinton*
440. Spinoza, *par Roger Scruton*
441. Le Monde morcelé, *par Cornelius Castoriadis*
442. Le Totalitarisme, *par Enzo Traverso*
443. Le Séminaire Livre II, *par Jacques Lacan*
444. Le Racisme, une haine identitaire, *par Daniel Sibony*
445. Qu'est-ce que la politique?, *par Hannah Arendt*
447. Foi et Savoir, *par Jacques Derrida*
448. Anthropologie de la communication, *par Yves Winkin*
449. Questions de littérature générale, *par Emmanuel Fraisse et Bernard Mouralis*
450. Les Théories du pacte social, *par Jean Terrel*
451. Machiavel, *par Quentin Skinner*
452. Si tu m'aimes, ne m'aime pas, *par Mony Elkaïm*
453. C'est pour cela qu'on aime les libellules *par Marc-Alain Ouaknin*
454. Le Démon de la théorie, *par Antoine Compagnon*
455. L'Économie contre la société *par Bernard Perret, Guy Roustang*
456. Entretiens de Francis Ponge avec Philippe Sollers *par Philippe Sollers - Francis Ponge*
457. Théorie de la littérature, *par Tzvetan Todorov*
458. Gens de la Tamise, *par Christine Jordis*
459. Essais sur le Politique, *par Claude Lefort*
460. Événements III, *par Daniel Sibony*
461. Langage et Pouvoir symbolique, *par Pierre Bourdieu*
462. Le Théâtre romantique, *par Florence Naugrette*
463. Introduction à l'anthropologie structurale, *par Robert Deliège*
464. L'Intermédiaire, *par Philippe Sollers*
465. L'Espace vide, *par Peter Brook*
466. Étude sur Descartes, *par Jean-Marie Beyssade*
467. Poétique de l'ironie, *par Pierre Schoentjes*
468. Histoire et Vérité, *par Paul Ricoeur*
469. Une charte pour l'Europe *Introduite et commentée par Guy Braibant*

470. La Métaphore baroque, d'Aristote à Tesauro, *par Yves Hersant*
471. Kant, *par Ralph Walker*
472. Sade mon prochain, *par Pierre Klossowski*
473. Freud, *par Octave Mannoni*
474. Seuils, *par Gérard Genette*
475. Système sceptique et autres systèmes, *par David Hume*
476. L'Existence du mal, *par Alain Cugno*
477. Le Bal des célibataires, *par Pierre Bourdieu*
478. L'Héritage refusé, *par Patrick Champagne*
479. L'Enfant porté, *par Aldo Naouri*
480. L'Ange et le Cachalot, *par Simon Leys*
481. L'Aventure des manuscrits de la mer Morte
    par Hershel Shanks (dir.)
482. Cultures et Mondialisation
    par Philippe d'Iribarne (dir.)
483. La Domination masculine, *par Pierre Bourdieu*
484. Les Catégories, *par Aristote*
485. Pierre Bourdieu et la théorie du monde social, *par Louis Pinto*
486. Poésie et Renaissance, *par François Rigolot*
487. L'Existence de Dieu, *par Emanuela Scribano*
488. Histoire de la pensée chinoise, *par Anne Cheng*
489. Contre les professeurs, *par Sextus Empiricus*
490. La Construction sociale du corps, *par Christine Detrez*
491. Aristote, le philosophe et les savoirs
    par Michel Crubellier et Pierre Pellegrin
492. Écrits sur le théâtre, *par Roland Barthes*
493. La Propension des choses, *par François Jullien*
494. La Mémoire, l'Histoire, l'Oubli, *par Paul Ricœur*
495. Un anthropologue sur Mars, *par Oliver Sacks*
496. Avec Shakespeare, *par Daniel Sibony*
497. Pouvoirs politiques en France, *par Olivier Duhamel*
498. Les Purifications, *par Empédocle*
499. Panorama des thérapies familiales
    collectif sous la direction de Mony Elkaïm
500. Juger, *par Hannah Arendt*
501. La Vie commune, *par Tzvetan Todorov*
502. La Peur du vide, *par Olivier Mongin*
503. La Mobilisation infinie, *par Peter Sloterdijk*
504. La Faiblesse de croire, *par Michel de Certeau*
505. Le Rêve, la Transe et la Folie, *par Roger Bastide*
506. Penser la Bible, *par Paul Ricoeur et André LaCocque*
507. Méditations pascaliennes, *par Pierre Bourdieu*
508. La Méthode
    5. L'humanité de l'humanité, *par Edgar Morin*
509. Élégie érotique romaine, *par Paul Veyne*
510. Sur l'interaction, *par Paul Watzlawick*

511. Fiction et Diction, *par Gérard Genette*
512. La Fabrique de la langue, *par Lise Gauvin*
513. Il était une fois l'ethnographie, *par Germaine Tillion*
514. Éloge de l'individu, *par Tzvetan Todorov*
515. Violences politiques, *par Philippe Braud*
516. Le Culte du néant, *par Roger-Pol Droit*
517. Pour un catastrophisme éclairé, *par Jean-Pierre Dupuy*
518. Pour entrer dans le XXIe siècle, *par Edgar Morin*
519. Points de suspension, *par Peter Brook*
520. Les Écrivains voyageurs au XXe siècle, *par Gérard Cogez*
521. L'Islam mondialisé, *par Olivier Roy*
522. La Mort opportune, *par Jacques Pohier*
523. Une tragédie française, *par Tzvetan Todorov*
527. L'Oubli de l'Inde, *par Roger-Pol Droit*
528. La Maladie de l'Islam, *par Abdelwahab Meddeb*
529. Le Nu impossible, *par François Jullien*
530. Le Juste 1, *par Paul Ricœur*
531. Le Corps et sa danse, *par Daniel Sibony*
532. Schumann. La Tombée du jour, *par Michel Schneider*
532. Mange ta soupe et… tais-toi !, *par Michel Ghazal*
533. Jésus après Jésus, *par Gérard Mordillat et Jérôme Prieur*
534. Introduction à la pensée complexe, *par Edgar Morin*
535. Peter Brook. Vers un théâtre premier, *par Georges Banu*
536. L'Empire des signes, *par Roland Barthes*
539. En guise de contribution à la grammaire et à l'étymologie du mot « être », *par Martin Heidegger*
540. Devoirs et délices, *par Tzvetan Todorov*
541. Lectures 3, *par Paul Ricœur*
542. La Damnation d'Edgar P. Jacobs *par Benoît Mouchart et François Rivière*
543. Nom de dieu, *par Daniel Sibony*
544. Les Poètes de la modernité. De Baudelaire à Apollinaire, *par Jean-Pierre Bertrand et Pascal Durand*
545. Souffle-Esprit, *par François Cheng*
546. La Terreur et l'Empire, *par Pierre Hassner*
547. Amours plurielles. Doctrines médiévales du rapport amoureux de Bernard de Clairvaux à Bocace *par Ruedi Imbach et Inigo Atucha*
548. Fous comme des sages *par Roger-Pol Droit et Jean-Philippe de Tonnac*

Collection Points

DERNIERS TITRES PARUS

P1410. Le Passeport, *Azouz Begag*
P1411. La station Saint Martin est fermée au public
       Joseph Bialot
P1412. L'Intégration, *Azouz Begag*
P1413. La Géométrie des sentiments, *Patrick Roegiers*
P1414. L'Âme du chasseur, *Deon Meyer*
P1415. La Promenade des délices, *Mercedes Deambrosis*
P1416. Un après-midi avec Rock Hudson
       Mercedes Deambrosis
P1417. Ne gênez pas le bourreau, *Alexandra Marinina*
P1418. Verre cassé, *Alain Mabanckou*
P1419. African Psycho, *Alain Mabanckou*
P1420. Le Nez sur la vitre, *Abdelkader Djemaï*
P1421. Gare du Nord, *Abdelkader Djemaï*
P1422. Le Chercheur d'Afriques, *Henri Lopes*
P1423. La Rumeur d'Aquitaine, *Jean Lacouture*
P1425. Un saut dans le vide, *Ed Dee*
P1426. En l'absence de Blanca, *Antonio Muñoz Molina*
P1427. La Plus Belle Histoire du bonheur, *collectif*
P1424. Une soirée, *Anny Duperey*
P1429. Comment c'était. Souvenirs sur Samuel Beckett
       Anne Atik
P1430. Suite à l'hôtel Crystal, *Olivier Rolin*
P1431. Le Bon Serviteur, *Carmen Posadas*
P1432. Traité de savoir-vivre à l'usage des jeunes Russes
       Gary Shteyngart
P1433. C'est égal, *Agota Kristof*
P1434. Le Nombril des femmes, *Dominique Quessada*
P1435. L'Enfant à la luge, *Chris Mooney*
P1436. Encres de Chine, *Qiu Xiaolong*
P1437. Enquête de mor(t)alité, *Gene Riehl*
P1438. Le Château du roi dragon, La Saga du roi dragon I
       Stephen Lawhead
P1439. Les Armes des Garamont, La Malerune I
       Pierre Grimbert
P 1440. Le Prince déchu, Les Enfants de l'Atlantide I
       Bernard Simonay
P1441. Le Voyage d'Hawkwood, Les Monarchies divines I
       Paul Kearney
P1442. Un trône pour Hadon, Le Cycle d'Opar I
       Philip-José Farmer
P1443. Fendragon, *Barbara Hambly*

P1444. Les Brigands de la forêt de Skule, *Kerstin Ekman*
P1445. L'Abîme, *John Crowley*
P1446. Œuvre poétique, *Léopold Sédar Senghor*
P1447. Cadastre, *suivi de* Moi, Laminaire…, *Aimé Césaire*
P1448. La Terre vaine et autres poèmes, *Thomas Stearns Eliot*
P1449. Le Reste du voyage et autres poèmes, *Bernard Noël*
P1450. Haïkus, *anthologie*
P1451. L'Homme qui souriait, *Henning Mankell*
P1452. Une question d'honneur, *Donna Leon*
P1453. Little Scarlet, *Walter Mosley*
P1454. Elizabeth Costello, *J.M. Coetzee*
P1455. Le maître a de plus en plus d'humour, *Mo Yan*
P1456. La Femme sur la plage avec un chien, *William Boyd*
P1457. Accusé Chirac, levez-vous !, *Denis Jeambar*
P1458. Sisyphe, roi de Corinthe, *François Rachline*
P1459. Le Voyage d'Anna, *Henri Gougaud*
P1460. Le Hussard, *Arturo Pérez-Reverte*
P1461. Les Amants de pierre, *Jane Urquhart*
P1462. Corcovado, *Jean-Paul Delfino*
P1463. Hadon, le guerrier, Le Cycle d'Opar II
       Philip José Farmer
P1464. Maîtresse du Chaos, La Saga de Raven I
       Robert Holdstock et Angus Wells
P1465. La Sève et le Givre, *Léa Silhol*
P1466. Élégies de Duino *suivi de* Sonnets à Orphée
       Rainer Maria Rilke
P1467. Rilke, *Philippe Jaccottet*
P1468. C'était mieux avant, *Howard Buten*
P1469. Portrait du Gulf Stream, *Érik Orsenna*
P1470. La Vie sauve, *Lydie Violet et Marie Desplechin*
P1471. Chicken Street, *Amanda Sthers*
P1472. Polococktail Party, *Dorota Maslowska*
P1473. Football factory, *John King*
P1474. Une petite ville en Allemagne, *John le Carré*
P1475. Le Miroir aux espions, *John le Carré*
P1476. Deuil interdit, *Michael Connelly*
P1477. Le Dernier Testament, *Philip Le Roy*
P1478. Justice imminente, *Jilliane Hoffman*
P1479. Ce cher Dexter, *Jeff Lindsay*
P1480. Le Corps noir, *Dominique Manotti*
P1481. Improbable, *Adam Fawer*
P1482. Les Rois hérétiques, Les Monarchies divines II
       Paul Kearney
P1483. L'Archipel du soleil, Les Enfants de l'Atlantide II
       Bernard Simonay
P1484. Code Da Vinci : l'enquête
       Marie-France Etchegoin et Frédéric Lenoir